Dominique Sylvain est née en 1957 en Lorraine. Elle débute en tant que journaliste, puis part vivre au Japon, où elle écrit son premier polar *Baka !*, qui met en scène l'enquêtrice Louise Morvan. Elle a obtenu, en 2005, le Grand Prix des lectrices de « Elle », catégorie polar, pour son huitième roman *Passage du Désir*, qui signe l'acte de naissance d'un formidable et improbable duo d'enquêtrices, l'ex-commissaire Lola Jost, armée de sa gouaille et de ses kilos, et sa comparse Ingrid Diesel, l'Américaine amoureuse de Paris.

Strad a reçu le prix polar Michel-Lebrun en 2001.

Dominique Sylvain

STRAD

ROMAN

Viviane Hamy

TEXTE INTÉGRAL

ISBN 978-2-7578-1195-5
(ISBN 978-2-87858-132-4, 1re publication)

I'll be your mirror, reflect what you are
In case you don't know

Lou Reed

Chapitre 1

Mercredi 31 mai 2000. Visitation

La batte de base-ball atteint Fabien Meyer à la tempe gauche dans un swing qui veut tuer. Il s'affaisse mais la portière de sa voiture l'empêche de s'effondrer. L'agresseur – combinaison de moto, casque intégral noirs – agrippe Meyer par son manteau ; il saigne du nez, de la bouche, peut-être même de l'oreille, ses yeux sont mi-clos. Son écharpe rouge et son sang se confondent et leur couleur vibre. L'homme jette Meyer comme un sac sur le trottoir, extirpe le violon de la voiture et détale. Le cameraman amateur bouge vite. Il est au milieu de la rue quand la moto déboule sur la droite. Elle est filmée jusqu'à sa disparition dans le boulevard Raspail.

Mort de Fabien Meyer, vingt-trois ans, prix Marguerite Long, l'un des meilleurs violonistes de sa génération, devant le domicile de sa mère et à quelques mètres du musée Rodin. Mort capturée par un touriste japonais sur son caméscope semi-pro.

Le commandant Jude Morisset appuya sur le bouton *stop* de la télécommande et dit :

– Voilà ce qui arrive quand on se balade dans la nature avec un violon de vingt-quatre millions de francs.

Louise Morvan, qui avait mal pour le violoniste, garda un visage de marbre. Avant ce rendez-vous à l'OCBC, elle avait décidé de rester neutre. Les hommes de l'Office central de lutte contre le trafic des biens culturels n'appréciaient pas qu'une privée se mêle de leurs affaires. L'autre personne présente dans le bureau était l'adjoint de Jude Morisset, le capitaine Emmanuel Scherrer. Aussi impassible que Louise, il se contentait de suivre la conversation en fumant une blonde. Morisset ajouta :

– Nous sommes policiers, pas magiciens. Je l'ai expliqué à vos employeurs.

Engagée par le groupe MDM – grands crus et maroquinerie de luxe –, Louise reprenait la suite d'une planque que l'OCBC venait d'abandonner. Celle de l'appartement de Christian Donovan, un antiquaire spécialisé dans les instruments anciens, soupçonné d'être impliqué dans le vol d'un stradivarius de 1736, le Habeneck, propriété de MDM. Grâce à l'amitié qui liait le PDG du groupe à un ponte de la police judiciaire, Louise était autorisée à utiliser un temps les bureaux réquisitionnés en face de chez Donovan.

– Ils ne reprochent rien à personne, tenta Louise d'un ton conciliant.

– Ce n'est pas un gentleman cambrioleur qui est immortalisé sur cette vidéo, mademoiselle. Mais un gangster.

– Entièrement d'accord.

– Un gangster reconverti. Ces types intelligents font vite le calcul. Dans le trafic d'art, les peines encourues sont faibles. Minimum de risques. Maximum de rendement.

– C'est clair.

– J'ai expliqué aussi qu'après quatre mois de planque,

on pouvait arrêter les frais. On n'a rien sur Christian Donovan. Il vend à domicile des instruments de qualité. Un luthier l'a vu rue de Rome en discussion brève avec Lucien Mankievitch, brocanteur officiel, trafiquant officieux. Et alors ?

– MDM s'accroche à la seule piste qu'on a, répondit Louise.

– Pourquoi la seule ? Via les cent soixante bureaux d'Interpol, nous avons diffusé une circulaire d'information. Le Habeneck est reconnaissable entre tous. C'est l'un des quatre derniers violons d'Antonio Stradivari. Sa main était moins sûre : l'ouïe droite est placée plus haut que celle de gauche.

– Et que raconte Interpol ?

– Encore rien. Pas plus que nos contacts en Belgique et aux Pays-Bas. Mais ça viendra.

– Belgique et Pays-Bas ?

– Ces pays ont une législation si souple que les trafiquants s'y considèrent à l'abri. Les marchands n'ont même pas à justifier de la provenance des pièces. En revanche, les informateurs sont les mêmes qu'ailleurs. Ils finissent toujours par parler.

– En tout cas, je vous remercie de me laisser occuper les bureaux.

– Ce n'est pas moi qu'il faut remercier. Loin de là.

– Je vous tiendrai bien sûr au courant.

– Inutile. On viendra vous voir.

Pour Louise, la méthode Morisset était simple : il s'exprimait d'une voix égale, y compris pour énoncer les pires vacheries ; ça devait en désarçonner plus d'un. Quelques rapides formules de politesse et elle ne s'attarda pas. Une fois dehors, dans l'étroite rue de Penthièvre, même les marteaux piqueurs du chantier avoisinant et les vapeurs du trafic lui semblèrent plaisants. Elle entra dans le premier café et alla droit au comptoir. En lieu et place de son visage dans le miroir du fond du bar, elle eut la vision fugitive de la tête massacrée de Meyer. L'homme en noir, le swing de la batte, le sang, la moto. Le corps du barman fit tampon. Il n'était que 12 h 30 mais Louise lui demanda un gin tonic.

Le capitaine Emmanuel Scherrer la trouva accoudée au comptoir, le verre vide et le regard dans le vague. Il commanda un croque-monsieur et un jus d'ananas et lui dit :

– Quand j'ai le temps, c'est là que je déjeune. Et je suis plutôt content de vous y rencontrer. Mon patron y est allé un peu fort tout à l'heure.

– Ce n'est pas grave.

Elle lui sourit. Scherrer avait oublié d'être moche. La quarantaine embellissante : chevelure lisse et brune, haut front, yeux noirs, nez aquilin, bouche sereine, long cou. Guère grand, fort mince. Autre chose que Morisset ; une asperge d'une cinquantaine d'années à la coupe militaire. Scherrer reprit :

– Il est plus sympathique qu'il en a l'air.

– Sûrement.

– La mère de Fabien Meyer lui téléphone tous les jours. C'était son fils unique, vous savez. Et un musicien hors pair. Eh bien Jude Morisset est charmant avec elle. Il l'écoute. Et puis il essaie de trouver les mots.

– C'est chez elle que Meyer se rendait avec le Habeneck ?

– Il était tout fier de le lui faire écouter. C'est grâce à elle s'il est devenu violoniste. C'était un enfant prodige. Son premier concert, il l'a donné à sept ans.

Louise alluma une cigarette puis en proposa une

à Scherrer qui accepta. Il la regardait en souriant lui aussi. Ils se turent un moment puis il dit :

– Fabien Meyer était le cinquième musicien à qui MDM prêtait le Habeneck. C'est un bon plan pour doper son image, ça : associer son nom à celui de jeunes virtuoses.

– Vous désapprouvez ?

– La mère de Fabien Meyer dit que son fils s'était attaché au Habeneck au point d'avoir du mal à s'en séparer. Il avait trouvé le son idéal. Celui dont rêvent tous les musiciens. Emma Meyer parle d'obscénité.

– Obscénité ?

– Celle des puissants. Ils vous prêtent un violon d'exception puis vous le retirent. Emma Meyer dit que ce sont ces investisseurs qui ont fait grimper les prix. À tel point que même les plus grands interprètes mettent des années à se payer des instruments de cette classe.

Louise gara la moto de location rue Amélie, puis rejoignit la rue Saint-Dominique. De loin, elle regarda la blonde façade haussmannienne de Donovan. Luxe et volupté. Rien à voir avec le blockhaus en verre brun abritant la planque. Deux ou trois rues plus bas, dans ce même quartier de ministères quadrillés d'avenues altières, elles-mêmes bordées d'arbres centenaires bruissant délicatement sous le vent, un motard avait fracassé la vie d'un musicien à coups de batte de base-ball. Incongruité.

Avant de composer les quatre chiffres sur le digicode, Louise s'intéressa à l'ambiance de la rue. Les passants étaient nombreux, affairés mais l'air gai pour la plupart. Animés par la perspective de l'échappée toute proche. Demain, la rue Saint-Dominique serait désertique. Le long week-end de l'Ascension démarrait. Louise allait le passer dans la planque : Christian Donovan restait à Paris pour y recevoir deux clients. Un collectionneur suédois et un violoniste allemand.

Il était chez lui. Simplement vêtu d'un jean et d'une chemise bleue. Assis dans son voltaire, son fauteuil préféré. Il faut dire qu'il n'avait guère le choix ; le salon était à peine meublé. Une bibliothèque, un autre fauteuil en cuir, une table basse et un canapé rouge vermillon. Louise mit les écouteurs. Donovan écoutait de la musique le visage tourné vers la baie centrale. Celle d'où la vue sur le dôme rutilant des Invalides devait être imprenable. Il était aussi calme qu'à l'accoutumée. Louise prit les jumelles et fit le point sur ce visage. Cette tête d'Indien blond.

En quelques jours, elle avait beaucoup appris. Il était bouddhiste depuis plusieurs années. S'était marié jeune mais ça n'avait pas marché. À trente-deux ans, Donovan était l'associé d'un septuagénaire excentrique quoique très respecté dans le milieu musical : Martin Reix. Le vieil homme semblait être son seul véritable ami. Il avait lui aussi fait l'objet d'une surveillance aujourd'hui interrompue. Martin Reix menait la vie d'un homme tranquille qui, s'il dînait quelquefois en ville, ne recevait plus personne. Hormis sa femme de ménage, partagée d'ailleurs avec Donovan. Une Portugaise travaillant au noir à qui le commandant Morisset avait vite fait comprendre son intérêt : leur ouvrir la porte de ces deux appartements équipés des meilleures alarmes afin qu'ils y posent leurs micros. Jusqu'alors aucun client du duo Reix/Donovan ne s'était vu proposer le Habeneck.

Plus Louise regardait Donovan, moins elle le voyait exterminer un violoniste rue de Varenne. Ou même payer quelqu'un pour le faire. Mais elle avait cependant la sensation ténue que l'antiquaire se savait observé. Et que malgré les apparences, il n'était pas cet homme qui n'a rien à cacher.

Le premier mouvement du *Concerto n° 2* de Bach s'arrêta. Hier Donovan avait écouté cette version en compagnie de son interprète, un violoniste ukrainien. Ils avaient bu du champagne, parlé musique pendant des heures. Donovan dirigea la télécommande vers la chaîne hi-fi et fit redémarrer le CD. Puis il se leva, marcha jusqu'à la baie, croisa les bras comme s'il avait froid. Sa tête marquait la cadence. Mais son regard semblait aller au-delà d'une façade de verre fumé.

Chapitre 2

Jeudi 1er juin 2000. Ascension

La lumière crue des projecteurs donnait à la peau d'Ophélie Reix une splendeur orientale. Cette blancheur des membres et des fesses faisait ressortir le tatouage couvrant tout le dos et une partie des bras. Autour de son corps sanglé sur le matelas pneumatique en forme de X, la Seine agitait des milliers de langues dorées. C'est plus fort que la fois où je l'ai filmée au hammam des hommes avec une bite et des poils postiches, les seins camouflés sous une serviette, se dit Gregory Patte depuis le quai du port de Grenelle, l'œil collé au viseur du caméscope, certain que cette nuit Ophélie réalisait sa plus belle performance. Une traversée de Paris nocturne, liquide et athlétique.

Il leva le viseur vers la lune puis recadra son amie emportée par le courant et qui tournait sur elle-même. L'effet était saisissant. Gonflé par la fonte des neiges, le fleuve la malmenait. Malgré ça, Ophélie s'accrochait. Depuis des heures. Et pour le reste de l'équipe, tout allait pour le mieux. Tommy maintenait la barque à moteur dans le bon sillage pour que Luce puisse braquer les projecteurs sur Ophélie. Patte repensa à ce qu'Ophélie lui avait dit un jour :

« Tu sais quand m'est venue ma meilleure idée, Gregory ? Le jour où j'ai décidé de me recréer une famille. »

Cette nuit plus que jamais, leur petite tribu solidaire affrontait bravement les éléments, réunie une fois encore par une émotion. Une de celles dont Ophélie avait le secret.

Son physique juvénile la faisait sortir intacte des scandales qui avaient façonné sa réputation d'artiste extrémiste. Certaines de ses vidéos expérimentales dépassaient le cercle des musées et des galeries pour passer à la télé ou trouver un écho dans la presse. Et ça l'arrangeait bien : son rêve était de toucher le grand public. Patte était prêt à parier qu'entre elle et lui, l'histoire était en train de se nouer. Et que ça serait du solide.

Elle avait déjà bien donné de sa personne. Après le hammam, on l'avait vue enterrée huit heures en forêt, par temps variable, jusqu'au cou et à la verticale au centre d'une foule de nains de jardin. Dansant comme une pro à Pigalle dans un peep-show avec de vrais clients comme figurants. Tartinée de Nutella à la FIAC pour y être léchée par une dizaine d'étudiants des Beaux-Arts. À l'hôpital, flottant dans un bassin de formol au milieu de cadavres destinés à la dissection.

Cette nuit, elle changeait courageusement de registre. Et c'était beau de la voir se coltiner à la légende de son prénom. La blanche fiancée d'Hamlet avait descendu la rivière, tombeau de ses espérances. Ophélie Reix qui ne croyait plus au couple et ne jurait que par l'affection de sa bande se laissait emporter vers la statue de la

Liberté parce que son corps outil d'expression avait encore mille limites à franchir.

Elle avait tenu à démarrer des deux ponts Nelson Mandela liant Ivry à Charenton et pour lesquels personne ne s'était fatigué à trouver des noms différents. À Luce qui l'avait questionnée sur son choix, elle avait répondu : « Ça sonne mieux que pont National ou passerelle d'Ivry-Charenton, tu ne trouves pas ? Et puis, je ne connais pas d'autres ponts clonés. »

En attendant, cette performance toute simple avait la beauté des grandes œuvres. À trente-deux ans, nue sur la Seine et pas plus fière qu'à ses débuts, on pouvait dire sans se tromper qu'Ophélie Reix était au sommet de son art.

Grâce à son revêtement argenté, la croix émettait un faible halo qui nimbait le corps d'Ophélie et donnait à sa prestation un aspect irréel. Elle ne bougeait pas. Patte la savait concentrée. Elle était tout entière dans ses performances. Et c'était ce don de soi que commençait à aimer le public. Les gens comprenaient d'instinct les images d'Ophélie. Combien de performeurs s'étaient entendu traiter de connards d'intellos ? Des tonnes. Ophélie Reix jamais. Tout un chacun l'entendait distinctement quand elle disait sans parler : « Ce monde est à investir parce que nous pouvons encore nous y déployer si nous le voulons bien. Frères humains, ceux qui nous mondialisent et paradoxalement nous restreignent ne nous prendront pas notre espace mental si nous savons le cultiver. »

Patte imaginait déjà le montage. Dans l'après-midi, il avait filmé les buildings hétéroclites entourant l'hôtel Nikko, les graffiti qui couvraient le tunnel du RER à ciel ouvert, le réseau d'escaliers qui menait à l'allée des Cygnes, cette tranche de béton en milieu de Seine par laquelle on s'approchait de la statue de la Liberté à la toucher et la barge pleine de gravats amarrée quai de Javel, au-delà de la laideur métallique du pont de Grenelle. Ophélie voulait clore la vidéo de sa performance sur des images de ce front de Seine qui était « le quartier de Paris ressemblant le plus à Tokyo ». Elle aimait sans réserve le Japon et sa culture. Et ce pays le lui rendait bien puisqu'il avait été l'un des premiers à reconnaître la puissance évocatrice de ses performances.

La voûte du pont de Grenelle semblait trembler légèrement. D'ici quelques secondes, Ophélie allait la franchir. Elle quittait la zone des gros bateaux de croisières fluviales bien éclairée par une batterie de lampadaires pour s'enfoncer sous l'obscurité du pont. Frontière sombre avant le retour de la lumière grâce aux projecteurs braqués sur la statue de la Liberté.

Patte se sentait vidé et heureux. Il avait sillonné les rives de la Seine sur sa Vespa pour filmer la performance par étapes. Les finances d'Ophélie étaient sur la pente ascendante ces derniers temps, elle aurait pu s'offrir plusieurs cameramen et techniciens. Jalouse de son indépendance, elle préférait se restreindre à sa « famille choisie » et, bien que fourbu, Patte lui était infiniment reconnaissant de cette confiance.

Ophélie allait passer le pont. Quelques mètres. Quelques secondes

Une explosion. Et encore. Encore. Traces de feu dans le viseur. Patte se surprit à zoomer sur Ophélie, tête qui se relève. Qui retombe. On tire sur elle, réalisa-t-il, tétanisé. Coup de caméra à gauche vers une ombre en mouvement. Quelqu'un qui court.

Un cri de Tommy. Gregory Patte tourna la caméra

vers ce cri et fit ce qu'il ne se serait pas cru capable de faire. Tandis que Luce se jetait à l'eau pour tenter de porter secours, Patte continua de filmer la scène qui ne devait plus jamais quitter sa mémoire. Celle de la mort en direct de sa meilleure amie.

Chapitre 3

– Fusil à pompe, dit le commissaire Serge Clémenti en orientant la lampe de poche pour le procédurier accroupi à ses côtés.

– Aucun doute, répondit le capitaine Marc Sanchez. Regarde les plombs satellites. Ils sont à environ vingt centimètres des blessures. Une distance de tir de combien ? Sept mètres ?

– Oui, sept à dix.

Ce qui confirmait les déclarations des témoins : un tireur posté sur la berge, entre les piles du pont de Grenelle, trois coups de feu, trois impacts. Un dans la tête et deux dans le dos. Le corps était encore attaché à une grande bouée dégonflée en forme de X. Sanchez manipula doucement la tête de ses mains gantées et ils détaillèrent le visage de la morte. Sous l'effet de la dispersion de la gerbe de plombs, la joue droite était constellée de petits cratères rouges. Une frange noire plaquée par l'eau, des yeux sombres. Les oreilles trouées d'une quantité d'anneaux. Un autre à la base du nez et un clou sous la lèvre inférieure. Une allure d'adolescente attardée bien qu'elle ait dépassé la trentaine.

– Elle avait l'air d'une môme, dit Sanchez comme s'il avait lu les pensées de Clémenti.

La Crime n'avait plus connu de mort spectaculaire

en bord de Seine depuis l'accident de lady Di sous le tunnel du pont de l'Alma pour lequel Clémenti et toutes les grosses pointures avaient été mobilisés. Cette nuit, la jeune morte était moins célèbre que la princesse d'Angleterre mais suffisamment tout de même pour que le procureur Vergnaux téléphone à Mathieu Delmont, le grand patron de la Brigade criminelle, et demande une intervention rapide. Le groupe était toutefois plus réduit : Clémenti, ses deux lieutenants et l'équipe des techniciens de l'Identité Judiciaire menée par Sanchez, le procédurier. Ophélie Reix était la fille de Martin Reix, un antiquaire du 7e arrondissement spécialisé dans les instruments anciens. Et Clémenti venait d'apprendre qu'elle était aussi une artiste réalisant des performances. Marc Sanchez se redressa. Il allait voir où en étaient les techniciens de l'IJ occupés à ausculter les dessous du pont de Grenelle.

Clémenti se releva à son tour et recula d'un pas pour éclairer au mieux le corps de la performeuse. Vue maintes et maintes fois en vingt-cinq ans de métier, la mort était toujours hideuse. Des chairs sanglantes, puantes, calcinées. Des corps broyés. Des excréments, des odeurs insoutenables. Rien à voir avec certaines visions d'esthète. Il avait toujours pensé que les cinéastes qui filmaient des massacres au ralenti sous une lumière impeccablement réglée n'avaient jamais vu un vrai cadavre de leur vie. Cette nuit en revanche, avec ces bijoux, ce tatouage disproportionné, ce décor fluvial et glauque, il lui semblait que la dépouille d'Ophélie Reix avait été préparée par un maquilleur de cinéma et qu'elle allait se redresser quand quelqu'un crierait : « Coupez ! Elle est bonne ! » Et cette sensation était désagréable. En grande partie parce qu'elle lui rappelait une affaire sordide, celle de l'assassinat « artistique » d'une jeune chanteuse sur une péniche[1].

– Impressionnant, le tatouage, dit le lieutenant Philippe Argenson qui se tenait debout aux pieds de la victime.

Clémenti le regarda sans rien dire. Argenson crut bon d'ajouter :

– C'est la mode.

Clémenti l'avait détaillé tout à l'heure. Un ange tendant la main à une sirène, nuages et vagues entremêlés. Les deux blessures avaient endommagé la queue de la sirène. Le dessin prenait tout le dos, les épaules, les bras jusqu'aux coudes et la naissance des fesses dans un style proche de celui des yakuzas. Pour les truands japonais, le tatouage était un signe d'appartenance au monde secret de la pègre. Et pour Ophélie Reix ? Le commissaire éteignit la lampe de poche et se tourna vers ses trois compagnons assis contre la voiture de l'IJ. Sur le parking des Vikings River Cruise, les lampadaires futuristes du quai les éclairaient en plein. Le type qui avait une phrase ressemblant à du sanskrit tatouée sur son crâne rasé, un anneau dans le nez et des yeux d'un bleu très clair serrait son caméscope contre lui et regardait fixement ses pieds. Il s'appelait Gregory Patte. Il avait parlé sans arrêt pendant longtemps, raconté la démarche artistique d'Ophélie Reix alors qu'on ne lui demandait rien, puis s'était tu et, depuis, restait prostré sous l'œil du lieutenant Marcellin N'Diop qui veillait à ce qu'il ne se jette pas à l'eau. Ses amis, le pilote de la barque, un jeune blond ébouriffé, et l'éclairagiste, une fille athlétique aux cheveux rouges, fumaient en silence.

1. Cf., du même auteur, *Sœurs de sang*, éd. Viviane Hamy, 1996.

– Patron, qu'est-ce qu'on fait pour le caméscope ? demanda le lieutenant Argenson.

– On attend encore un peu. Il finira par se calmer et on lui demandera de nous laisser visionner la vidéo.

– Bientôt, on ne pourra plus débarquer sur un homicide sans récupérer un film, ajouta Argenson. Souvenez-vous du flic qui avait filé des baffes à une femme enceinte. Un amateur avait tout enregistré avec son caméscope.

– Cette nuit, c'est encore mieux, répondit Clémenti. Le cameraman a un caméscope semi-pro avec zoom numérique. Du beau matériel.

Serge Clémenti s'écarta pour laisser Grangier photographier les blessures en gros plan et alla voir à son tour les techniciens de l'IJ. Avec leurs combinaisons blanches, ils avaient l'air de deux spectres sous la voûte du pont. Solis travaillait au laser Crimscope à l'affût de traces digitales. Bello s'entretenait avec Marc Sanchez.

Le procédurier se retourna et vint dire à Clémenti que Bello avait déjà retrouvé une douille de cartouche. Du calibre 12, le plus fréquemment utilisé. Sanchez expliqua que les empreintes ne manquaient pas mais qu'elles appartenaient sûrement aux pseudo-artistes qui avaient tagué les lieux. En attendant, on avait récupéré tous les détritus de la portion de quai : autant de boulot pour les dépisteurs d'ADN. Mais l'invisible ne concernait pas le capitaine Sanchez. Chargé des traces sur la scène du crime et de leur description, il avait encore devant lui de longues heures de travail pour bâtir son compte-rendu. Et Clémenti connaissait sa méticulosité. Il arrivait souvent au procédurier de revenir sur place pour vérifier qu'il n'avait oublié aucun détail : lignes de bus et de métro, commerces, éclairage public, numéros des cabines téléphoniques du quartier.

Clémenti entendit des pas résonner sous la voûte et se retourna. Gregory Patte arrivait, le caméscope toujours serré contre sa poitrine, suivi à distance et comme une mère par Marcellin N'Diop. Clémenti fit signe à son lieutenant de s'éloigner et fouilla sa poche à la recherche de son paquet de cigarettes, histoire de ne pas avoir l'air d'attendre la vidéo.

– Je ne comprends pas pourquoi j'ai fait un truc pareil, dit Patte.

– Continuer de filmer, c'est ça ?

– Oui. Je ne comprends pas.

Clémenti proposa une cigarette à Patte qui refusa. Il se détendit un peu mais le commissaire évita de regarder le caméscope et se concentra sur les prunelles bleues.

– Vous voulez qu'on retrouve celui qui a abattu votre amie ?

– Il n'y a rien sur la vidéo. Une ombre noire. C'est allé tellement vite.

– Notre labo peut travailler l'image jusqu'à ce qu'on distingue quelque chose.

– Et si ça abîme le film ?

Patte réalisa qu'il venait de lâcher une insanité et se figea. Clémenti eut un geste vague pour délayer la tension et dit :

– On travaillera sur une copie. En numérique, elles sont parfaitement identiques à l'original, non ?

– C'est vrai. (Patte se tut un instant puis ajouta :) Vous devez me trouver dur, hein ? Ma meilleure amie vient d'y passer et tout ce qui m'intéresse c'est ce putain de film.

– Je ne juge personne, monsieur Patte. Je ne suis qu'un flic pragmatique qui a besoin de votre vidéo. Et on va commencer par la visionner sur le petit écran intégré. Je vous laisse faire la manœuvre.

Quelques secondes d'éternité et Patte desserra la ceinture de ses bras avant de remettre la cassette au point de départ et d'appuyer sur *play*. Avec une certaine solennité, il tendit le caméscope et les écouteurs au commissaire.

Apparut le cône clair de la maison de Radio France. Une tour avec une horloge. Gros plan sur ses chiffres rouges : 2 h 07. Plan large sur la voie Georges-Pompidou désertée, la station-service faiblement éclairée par les lampadaires du pont de Grenelle. Le bruit de la Seine tumultueuse est à peine audible à cause des bourdonnements mêlés du petit groupe électrogène alimentant les projecteurs et du moteur du canot. Cadrage moyen sur l'artiste qui dérive vite, suivie par le canot du pilote et de l'éclairagiste. Tout le monde longe le gros cruiser blanc *Normandie* et le canot ralentit pour laisser Ophélie Reix filer seule vers sa destinée. Les faisceaux des projecteurs la cernent sur fond d'allée des Cygnes ; à gauche, le quai du port de Grenelle reste d'un noir contrasté. Une détonation. Puis deux autres. Traces de feu à chaque fois. Aucune silhouette visible sur ce petit écran de caméscope. Gros plan : la victime lève la tête. La tête retombe. Des cris. Le champ s'élargit d'un coup. Les piles du pont, la sombre route qui remonte vers le quartier du front de Seine. Et le fleuve de nouveau : le canot arrive. L'éclairagiste aux cheveux rouges se jette à l'eau. Elle tire le corps vers le quai.

– Alors ? demanda Gregory Patte.

– On ne voit rien. Mais on va faire ce qu'on a dit : grossir les pixels et reconstituer une image malgré la détérioration provoquée par ce grossissement.

– Vous semblez en connaître un rayon.

– Il y a une meilleure méthode de survie par les temps qui courent ?

Patte hésita puis sourit. Il dit :

– C'est drôle, Ophélie aurait lâché une phrase comme celle-là. Pour elle, l'artiste était une machine à transformer de l'information. Un être tenu d'absorber toutes les innovations technologiques pour capter les idées percutantes au bon moment.

– Sûrement, dit Clémenti en hochant la tête. (Il demanda avec une douceur travaillée :) Vous m'autorisez à mettre la cassette sous scellés pour la confier au labo ?

– Je vais même faire mieux que ça. Je vais vous confier un exemplaire de toutes les vidéos d'Ophélie.

– Bonne idée, mais je vous avoue que je n'entends rien aux performances.

– C'est beaucoup moins intellectuel que ce qu'on croit. En fait, c'est une histoire d'émotions.

– D'émotions fortes, d'après ce que vous nous avez dit tout à l'heure.

– C'est l'époque qui veut ça. Un artiste n'invente rien. Il est une membrane vibrante qui perçoit les grands mouvements de son temps avant de les transmettre aux autres. À ceux qui ne les voient pas encore. Il leur apprend à modifier leur regard. L'artiste est une sorte de mutant doté d'un sixième sens et…

La phrase mourut dans une plainte. Patte fondit en larmes, les mains plaquées sur son visage. Clémenti fit signe à Marcellin N'Diop de venir récupérer la cassette. Patte s'essuya les yeux avec son T-shirt et dit :

– Si j'avais tout lâché pour lui courir après, je l'aurais rattrapé. Mais je suis resté planté comme un con avec ma caméra.

– C'est peut-être ce qu'elle voulait.

– Comment ça ?

– Le registre d'Ophélie Reix c'était plutôt la provocation. Et si elle avait voulu écarter encore un peu plus les limites ?

– Vous parlez du victim-art ? Ces performeurs qui se blessent volontairement.

– Ou se font blesser. Comme Chris Burden. Au début des années soixante-dix, il s'est fait tirer dessus dans une galerie californienne.

– Vous connaissez cet artiste !

– Il se trouve que j'ai déjà enquêté sur une affaire de victim-art.

– Laquelle ?

– C'était il y a longtemps. La mort de la chanteuse Victoria Yee.

Patte haussa les épaules. Le nom de la fille ne lui disait rien. Il ajouta :

– Ophélie n'a jamais adhéré à ce type de démarche.

– Vous nous avez parlé de cette vidéo où on la voit flotter dans un bassin de formol au milieu des cadavres en attente de dissection. On fait difficilement plus morbide.

– Je vous garantis qu'elle ne m'a jamais demandé de filmer sa mort.

– Et si elle l'avait fait à votre insu ?

– Comment ça ?

– En demandant à quelqu'un de tirer sur elle.

– Ophélie n'était pas suicidaire.

– Vous en êtes sûr ?

– Positif. Elle se servait d'images liées à la mort, au sexe ou à la violence. Mais son message était tourné vers l'amour universel. La seule liberté qui nous reste.

Patte avait eu un regard de défi. Clémenti garda un visage neutre et demanda :

– Son travail devait en irriter plus d'un. Vous lui connaissiez des ennemis ?

– Elle recevait pas mal de courrier. La plupart du temps des admirateurs ou des curieux qui ne demandaient qu'à comprendre mais, dans le tas, il y avait un ou deux cinglés.

– Elle vous en avait parlé ?

– Pas directement, mais je lui servais de secrétaire. C'est moi qui classe le courrier.

– Que disaient-ils, ces cinglés ?

– Qu'elle était bonne à enfermer ou qu'elle était une dégénérée. Toujours les mêmes histoires. L'art dégénéré, ça vous rappelle quelque chose, non ?

– Ces lettres, vous les avez gardées ?

– Je vous les confierai en même temps que les vidéos.

– Pas d'e-mails ou d'appels téléphoniques bizarres ?

– Je ne m'occupais pas de ça.

– Qui savait que vous organisiez une performance ?

– La tribu, les proches. Et tout un tas de gens. Ophélie parlait plus facilement de son travail aux gens de la rue qu'aux journalistes.

– C'était chronométré ?

– Non. Le rendez-vous était fixé : ponts Nelson Mandela, côté Ivry, vingt et une heures trente. La performance n'a démarré que vers 23 heures parce qu'on avait un problème avec le groupe électrogène. J'avais pris suffisamment de cassettes pour filmer toute la nuit. On ne s'était même pas préoccupés du temps nécessaire ni de la vitesse du courant. Ophélie voulait se laisser flotter dans tous les sens du terme.

– Vous comptiez aller jusqu'où ?

– Jusqu'au pont de Saint-Cloud. Je me demande pourquoi on l'a tuée ici.

Sans doute parce que la structure métallique du pont de Grenelle permet de s'y dissimuler facilement et d'attendre pendant un temps indéfini dans une position à peu près confortable, pensa Clémenti. Ou alors parce que la statue de la Liberté inspirait le tueur, d'une manière ou d'une autre. Ou parce que le pont de Grenelle était pour lui chargé d'une symbolique qui nous échappe. À tel point qu'on n'arrivera jamais à la décrypter. Ou pour aucune raison particulière ; un choix de hasard. Il demanda :

– Elle avait des liens sentimentaux ?

– On était ensemble, elle et moi, il y a plus de deux ans. Jusqu'à ce qu'on comprenne qu'entre nous, c'était une affaire d'amitié. Entre-temps, j'ai rencontré Luce qui est devenue ma compagne. Mais Ophélie est restée une solitaire.

– Certain de ça ?

– Comme du reste. On vit tous ensemble à Montreuil. Ophélie s'était mariée à vingt ans. Ça n'a pas marché mais ils sont restés amis. Elle disait qu'elle n'était pas faite pour la vie de couple. Elle se donnait à fond dans son travail.

– Vous connaissez son ex-mari ?

– Christian Donovan. L'associé de Martin Reix, le père d'Ophélie. Des commerçants de l'art. Spécialisés dans les instruments anciens. Mais vous devez déjà le savoir, non ? Martin Reix connaît tout Paris.

– J'ai entendu parler de Reix mais pas de Donovan, répondit Clémenti en notant les noms dans son carnet.

– C'est vous qui allez annoncer à Reix la mort d'Ophélie ?

– Oui, pourquoi ?

– Parce que le vieux va réaliser qu'il est parfaitement seul maintenant.

– Comment ça ?

– Il y a neuf ans, la mère et la sœur jumelle d'Ophélie se sont tuées en voiture.

Serge Clémenti demanda à N'Diop et Argenson d'accompagner les témoins à leur domicile de Montreuil afin d'effectuer la perquisition puis de récupérer les vidéos, le courrier et les papiers personnels d'Ophélie Reix. Les lieutenants devaient ensuite ramener la « tribu » à la PJ, recueillir officiellement les témoignages et dresser les procès-verbaux. Il ordonna d'envoyer en urgence la dernière vidéo d'Ophélie Reix au labo. Par acquit de conscience, Clémenti dit aussi à Sanchez de faire sonder la Seine aux alentours du pont de Grenelle pour rechercher le fusil à pompe.

À l'arrivée du fourgon de l'Institut médico-légal, le ciel s'était bien éclairci. Le commissaire regarda l'horloge de la tour : 5 h 43. Sanchez et Solis aidèrent leurs collègues à monter le corps. Clémenti attendit que le fourgon reparte pour la place Mazas avant de remonter la petite côte macadamisée rejoignant le quai de Grenelle. Il se retourna vers le fleuve et, au-delà des caténaires de la ligne de chemin de fer parallèle aux quais, regarda un instant sa masse rose et grise dans la lumière de l'aube. C'était la période de crue et le fleuve charriait des vagues nerveuses. Ce flux vigoureux était le seul aspect tumultueux dans l'ultime performance d'Ophélie Reix. Clémenti, qui avait fait de la voile étant jeune, calcula qu'Ophélie avait dû dériver à une vitesse approximative de trois nœuds. Un peu plus de cinq kilomètres/heure.

Quelle étrange idée que de vouloir descendre la Seine sur une croix flottante quand jusqu'alors on était abonné aux scandales. Peep-show, bassin de formol, nains de jardin, pénis postiche. Gregory Patte avait bien précisé que le scénario était cette fois d'une simplicité extrême : une galerie projetterait en boucle la vidéo de la traversée de Paris d'Ophélie Reix.

Évidemment, il y avait cette relation avec l'Ophélie de Shakespeare, la fiancée d'Hamlet, morte de désespoir. Clémenti se souvint d'une photo de P.J. Harvey sur un CD. Une chanson qu'écoutait Louise en braillant à tue-tête sur le refrain. Les longs cheveux bruns de la chanteuse au teint pâle flottant autour d'elle, yeux fermés, bouche et robe rouges dans l'eau grise et la brume. Ça s'appelait *To bring you my love*. Ophélie Reix ressemblait d'ailleurs un peu à cette P.J. Harvey. Corps blanc, carrure un brin asiatique. Pas un poil de gras, des seins d'adolescente, des fesses de gamin, un Peter Pan féminin. Il imaginait que son regard avait dû être ardent comme si toute son énergie s'y concentrait. Ophélie avait été une fille déterminée. Gregory Patte avait évoqué l'accident et l'hôpital de La Grave à Toulouse. Sa sœur Olympia Reix y était restée plusieurs jours entre la vie et la mort, Ophélie à son chevet. Après cette épreuve, Ophélie avait connu une période dépressive. Puis s'en était sortie, avait décidé de changer de vie et de devenir une performeuse.

Clémenti dépassa les grilles verrouillées du centre Beaugrenelle et entra dans le premier bistro ouvert. Il commanda un café qu'il prit au comptoir en grignotant un croissant. Le commissaire visualisa Louise Morvan endormie dans sa planque en face de l'appartement de l'homme qu'elle surveillait. Elle n'avait pas donné son nom pour cause de secret de l'enquête, avait expliqué d'une drôle de voix qu'elle était obligée de jouer les voyeuses. *Obligée*, tu parles. Il s'était senti bêtement jaloux. Louise avait passé le week-end chez lui rue de Lancry – elle avait demandé à son copain Claude, garçon boucher de son quartier et amateur détective, de la relayer. Et Clémenti savait qu'il lui faudrait attendre samedi prochain pour pouvoir passer toute une nuit avec elle.

Le commissaire commanda un deuxième café et se demanda comment il allait annoncer à un vieil homme que son unique enfant venait de mourir.

Chapitre 4

Martin Reix se tenait devant sa plaque de cuisson à induction et fixait la poêle avec les œufs et le bacon brûlés. Il chassait la fumée, expliquait d'une voix métallique qu'il ne se servait plus de sa hotte depuis qu'il avait occasionné un incendie en flambant des rognons au cognac. Clémenti se taisait. Il avait été le témoin de mille et une douleurs et leurs manifestations singulières ne le surprenaient plus. Le commissaire se souvenait de cet autre père qu'il avait emmené à l'Institut médico-légal identifier le corps de son fils, un séducteur poignardé par un jaloux. Dans la voiture, l'homme n'avait pas cessé de parler de son métier, de sa région. En entrant dans la chapelle de la morgue, il ne regardait pas le corps de son fils et continuait son monologue, la tête tournée vers Clémenti.

L'antiquaire avait ouvert en tenue de sport, un tablier blanc noué autour de la taille, une spatule en bois à la main. Il avait fait répéter sa phrase à Clémenti, s'était tu pendant un bon moment et avait posé une série de questions précises d'une voix nette et les yeux secs. Le lieu, l'heure, les conditions atmosphériques, les témoins, les étapes de la performance et même une description du travail de la police. L'odeur de brûlé avait interrompu le récit au moment où Clémenti expliquait que le fusil à pompe tenait son nom du mouvement d'avant en arrière nécessité par son chargement.

Depuis son arrivée, le commissaire était observé à bonne distance par un magnifique chat angora blanc. L'animal finit par venir danser langoureusement dans ses jambes. Reix servit d'office un café à Clémenti et alla s'asseoir en orientant la chaise vers les fenêtres. La vaste cuisine donnait sur une courette et de solides marronniers qui cachaient le vis-à-vis. Le vieil homme dit qu'Angelina, la femme de ménage, n'avait jamais réussi à nettoyer correctement les vitres à petits carreaux et que cette imperfection le gênait. Il raconta ensuite qu'il était allé nager à six heures comme tous les matins. On ouvrait spécialement la piscine Deligny à son intention, quai Anatole-France. Il adorait cette sensation d'avoir le bassin pour lui seul. Il exigeait d'ailleurs d'Angelina qu'elle vienne nettoyer à cette heure-là parce qu'il ne supportait pas de « l'avoir dans les jambes trop longtemps ». Évidemment, elle venait tôt mais ne travaillait pas avec acharnement. On ne pouvait pas tout avoir. Abruptement, il demanda à Clémenti de lui expliquer encore une fois comment Ophélie avait été tuée sur la Seine.

Le commissaire recommença son récit et Reix voulut savoir en détail ce qu'on voyait sur la vidéo. Il demanda si c'était toujours « la même fine équipe » qui travaillait avec sa fille puis se leva. L'appartement de la rue de Bellechasse possédait un long couloir tapissé de tableaux et de livres. Ils l'empruntèrent jusqu'à une chambre de jeune fille aux murs mauves. En entrant, on découvrait un poster de David Bowie teint en roux et maquillé comme une femme.

– C'était son idole quand elle avait quinze ans, dit Reix en détachant le poster. À dix-sept ans, elle a quitté la maison pour aller vivre avec Christian Donovan, mon jeune associé. Ensuite, elle a quitté Christian pour aller vivre avec sa bande de tatoués. Elle a lâché les Beaux-Arts. Dans la foulée, elle a quitté son professeur de violon, une femme remarquable qui ne s'en est jamais remise. Elle n'a jamais fait que ça : quitter son monde.

Reix plia le poster en quatre avant de le déchirer. Clémenti se dit que les fans du Bowie époque paillettes étaient maintenant des quadragénaires. Mais Bowie était indémodable. Et dans un état de conservation remarquable. « Le vieux le plus sexy de la planète », disait Louise. Reix avait mis Bowie à la corbeille. Il décrocha un sous-verre protégeant une dizaine de photos et le fracassa sur le bureau. Le chat quitta la pièce en trombe.

– Vous êtes sûr de vouloir endommager vos souvenirs, monsieur Reix ?

Pour toute réponse, l'antiquaire sortit de l'armoire un étui qui contenait un violon d'enfant au beau bois clair. Et s'y reprit à deux fois pour casser l'instrument sur le même bureau. Il ramassa les photos et sortit de la pièce. Clémenti jeta un dernier coup d'œil au violon et rejoignit Martin Reix dans une petite salle de bains. L'antiquaire avait ouvert les robinets de la baignoire, y avait jeté les clichés ; dos tourné, il fouillait le placard sous le lavabo. Clémenti se pencha pour récupérer une photo : Ophélie et, probablement, le violon que Reix venait de briser. En compagnie de sa jumelle au violoncelle et d'une pianiste. Il l'essuya sur sa veste et la glissa dans sa poche. Reix revint avec une bouteille d'eau de Javel qu'il vida dans la baignoire.

– C'est une performance ! Une performance, vous m'entendez ! C'est du symbolique : je n'endommage pas mes souvenirs, commissaire. Je les efface à l'eau de Javel. Moi aussi, je sais faire des performances.

Reix avait haussé le ton. Ses joues et son cou étaient rouges, ses yeux bleus brillants, sa lèvre inférieure tremblait.

– Monsieur Reix, essayez de vous calmer, je vous en prie.

– Me calmer !

– Voulez-vous que nous appelions l'un de vos proches ?

– Pour quoi faire ?

– Pour que vous ne soyez pas seul.

– Vous êtes déjà vieux, commissaire. Cinquante ans, je dirais. Vous êtes vieux mais beau. Vous ressemblez assez à Steve McQueen. Vous avez un vieux visage tellement beau que vous donnez l'impression d'être faux. Malgré cela, je sens que vous avez déjà été quitté. Je me trompe ?

Clémenti essaya un nouveau geste d'apaisement.

– Restez où vous êtes, commissaire, et répondez-moi. Est-ce qu'on vous a déjà quitté ?

Clémenti avança. Reix se pencha à une vitesse étonnante pour un septuagénaire, prit le pommeau de la douche, ouvrit le robinet et dirigea le jet vers le commissaire.

– Arrêtez ça !

– Dites-moi si on vous a déjà quitté ou je mets l'eau chaude !

– On m'a déjà quitté.

– Eh bien moi, je ne veux pas avoir des yeux comme les vôtres, dit Reix en fermant le robinet. Ce regard-là qui permet aux autres de dire : « Ce type-là a déjà été quitté, ça se voit bien. » C'est pourquoi j'efface. Et je fais une performance par la même occasion. Et je vous invite dans ma performance. Ce n'est pas beau, comme idée ?

– Excellent, mais j'aurais préféré que vous ne ruiniez pas ma veste et ma cravate.

– Ce n'est que de l'eau.

– Oui, mais ma cravate est en soie. Et puis sachez que la femme qui m'a quitté ne m'a jamais manqué.

– Et pourquoi donc ?

– Parce que je ne l'aimais pas.

– Celle avec qui vous êtes en ce moment, vous l'aimez ?

– Oui.

– Elle vous quittera peut-être.

– Qui sait.

Reix se laissa tomber sur le rebord de la baignoire. Clémenti demanda :

– Voulez-vous que je téléphone à votre médecin ?

– Je n'ai pas besoin de médecin. Et puis cette odeur de piscine me calme. La piscine m'a toujours calmé. Christian Donovan dit que j'ai été un dauphin dans une autre vie. Il croit à toutes ces conneries de réincarnation et pourtant c'est un type intelligent. C'est inouï.

Il se pencha au-dessus de l'eau et ajouta :

– On voit encore bien les visages. Il n'y a pas assez d'eau de Javel.

Reix se releva péniblement et trouva deux berlingots de Javel pure qu'il vida dans la baignoire. Il porta la main à sa poitrine. Son visage virait au blanc.

– Je crois qu'il faut que je m'allonge sur le tapis de bain, dit-il en serrant les dents.

Clémenti trouva une boîte de Lexomil dans l'armoire de toilette et tendit un comprimé à Reix.

– Prenez cet anxiolytique. Je suis sûr que votre médecin vous le conseillerait.

– Je vous répète que je n'ai pas de médecin ! Un ami pharmacien me le donne sans ordonnance. Je n'ai pas de médecin mais j'ai plein d'amis. Dans tous les genres. Directeur de piscine, maître nageur, garçon de café, femme de ménage, grand interprète du répertoire classique.

Reix avait toujours la mâchoire serrée et fixait un point devant lui. Clémenti lui répéta doucement de prendre le comprimé. Le vieil homme finit par se détendre un peu et l'avala. Clémenti s'assit sur le carrelage à ses côtés et posa une main sur son épaule. Il s'attendait à ce que Reix refuse ce contact mais non. Ils se turent. Un moment plus tard, Reix demanda :

– Où est-elle ?

– À l'Institut médico-légal de la place Mazas.

– Je veux y aller.

Clémenti ne répondit pas. Plusieurs minutes passèrent puis Reix ajouta :

– Je me sens mieux maintenant. Il faut que je la voie. Nous n'étions pas dans les meilleurs termes. Je ne veux pas regretter toute ma vie qu'on se soit quittés fâchés.

– Pourquoi étiez-vous fâchés ?

– C'est une longue histoire, dit Reix en se relevant. Je vous la raconterai dans votre voiture.

Ils sortirent sous le regard du chat.

– Elle s'appelle Kita. Vous lui plaisez. Pour moi, c'est un test. Kita ne se trompe jamais sur les gens.

– C'est la première fois que je plais à un chat.

– Kita n'est pas n'importe quel chat. Donovan dit que c'est une femme réincarnée.

– Elles jouaient en trio. En amateurs éclairés. Elles raffolaient de Beethoven. Et de cette pièce de Ravel. Je me souviens qu'elles la jouaient tout le temps. C'était devenu un air hypnotique à la maison. Annie, mon épouse, au piano, Olympia au violoncelle, Ophélie au violon. Annie était une artiste frustrée. Elle avait été une honnête concertiste avant la naissance des jumelles. Ensuite, elle s'est consacrée à sa famille. Annie ne se plaignait jamais et pourtant elle aurait dû. Elle aurait dû, croyez-moi ! Les gamines étaient épuisantes et moi, j'étais rarement là. J'avais des clients dans le monde entier à qui j'allais présenter des Nicolas Lupot, des Vuillaume et même des Guarnerius del Gesù. Les collectionneurs n'imaginaient pas que je ne leur apporte pas moi-même. Au-delà de la psychologie des uns et des autres, au-delà des cultures, il y avait toujours ce rite de la passation entre eux et moi. Ça ne manquait pas de charme. Maintenant, je voyage beaucoup moins. Je laisse ça à Christian Donovan.

Martin Reix soupira et alluma la radio de la Renault banalisée, trouva Radio Classique. Ils écoutèrent Beethoven un moment puis Reix reprit :

– Au lieu de se plaindre, Annie s'est mise à boire. En se rendant à un concert à Toulouse, elle a eu un accident de voiture. C'était un programme de musique de chambre pour une petite association gérée par le conservatoire municipal. Ophélie est la seule à avoir survécu. Elle m'a fait comprendre que cet accident était de ma faute. Je les avais délaissées. Elle m'a dit : « Ta famille ne vaut pas lourd à côté de tes foutus violons. »

À la fin du premier mouvement du concerto et alors qu'ils passaient devant le Jardin des Plantes, Reix dit encore :

– Ce qui nous touche le plus chez Beethoven, c'est cette force virile mêlée à une telle douceur. Il domine ce territoire délicat où les moins grands s'égarent, entre mièvrerie et brutalité. Mine de rien, c'est dans ce registre qu'Ophélie essayait de travailler. Son éducation classique lui avait quand même servi à quelque chose.

– Elle y réussissait ? demanda Clémenti.

– Elle ne se débrouillait pas trop mal pour autant que je comprenne quelque chose aux performances.

Dans la chapelle, Serge Clémenti laissa Martin Reix s'avancer seul vers la dépouille de sa fille, observa un instant sa haute silhouette voûtée. Il vit qu'il murmurait. Il alla attendre dans le hall, déplia la carte de Paris récupérée dans la voiture banalisée. Et fit ses calculs. Pour dériver des ponts Nelson Mandela à celui de Grenelle, on couvrait une distance d'environ onze kilomètres. À une vitesse de cinq kilomètres/heure, il avait fallu au minimum deux heures à Ophélie et à sa tribu pour rallier la statue de la Liberté. Auxquelles s'ajoutaient les temps morts : problèmes d'éclairage, dérives involontaires du matelas pneumatique, déplacements du cameraman pour se poster à l'endroit idoine. Patte avait affirmé qu'ils avaient démarré vers 23 heures. Les chiffres rouges de l'horloge lumineuse surplombant Radio France indiquaient 2 h 07. Le compte était bon. Clémenti imagina un instant une Lilliputienne attachée à une minuscule croix argentée progressant lentement sur le serpent bleu de la Seine. Il replia la carte.

Le commissaire revint dans la chapelle, trouva Reix sur un banc, tête penchée. Sans le regarder, le vieil homme demanda :

– Qu'est-ce qui est arrivé à son visage ?

– C'est la gerbe de plombs du fusil à pompe qui lui a fait ça.

– Un fusil à pompe. Tirer sur ma fille avec un fusil à pompe. Pourquoi ?

Ils se regardèrent un instant puis Reix finit par demander :

– Vous avez récupéré des douilles ?

– Une seule, et on sonde la Seine à la recherche d'autres douilles et du fusil.

– Mais avec une douille, votre service balistique peut retrouver le fusil assez vite, non ?

– La douille a été envoyée au labo. Pour repérer un numérotage. Nos techniciens peuvent remonter jusqu'à l'usine de fabrication.

– Et ensuite ?

– Ensuite, on trouve le distributeur puis l'armurier. Mais rien ne prouve que les cartouches ont été achetées sur présentation d'un permis de chasse.

– Le marché parallèle ?

– Bien sûr. Mais il peut aussi s'agir d'une arme de chasse oubliée depuis des années. Les fusils à pompe sont tous soumis à autorisation préfectorale depuis 1998 mais certains propriétaires n'ont pas déclaré leurs armes après le changement de loi. En tout cas, le meurtrier connaissait tout ou partie de l'agenda de votre fille. Le fusil est peut-être à rechercher dans son environnement.

– Il n'y a jamais eu de chasseur chez nous, ni de tireurs sportifs, et ma fille n'en fréquentait pas. Du moins pas à ma connaissance.

– Est-ce que vous lui connaissiez des ennemis, monsieur Reix ?

– Non.

– Réfléchissez.

– Ophélie était sa meilleure ennemie, répondit le vieil homme d'un ton aigre.

– Mais encore ? demanda Clémenti d'une voix neutre pour que Reix ne perçoive pas son étonnement face à ces chauds et froids, à cette rancœur tenace au-delà de la mort.

– J'ai toujours pensé qu'elle ne se pardonnait pas d'avoir survécu à Annie et Olympia. Elle avait trouvé une parade : le don de soi. Le don à un public invisible à défaut de l'attention accordée à ses proches.

– Pour vous rendre la monnaie de votre pièce ?

– Si vous croyez que la colère m'égare, vous vous trompez. Parce que vous ne savez pas tout. Ophélie a voulu que son tatouage soit réalisé par un maître japonais à Yokohama.

Reix grimaça, déglutit comme s'il venait de ravaler de la bile. Il regarda enfin Clémenti qui lut, malgré le chagrin manifeste, une dense colère froide dans ses yeux et il ajouta :

– Au début de sa carrière, Ophélie plaisantait en disant que même si personne ne voulait de ses vidéos, elle avait trouvé le moyen imparable d'entrer au musée. Elle a fait don de son tatouage au musée d'Anatomie de l'université de médecine de Tokyo. Leur collection compte plus de deux cents peaux.

Chapitre 5

Clémenti se demandait ce qu'il y avait de plus remarquable chez Denise. Les scarabées emprisonnés dans les disques en résine sertis dans ses lobes d'oreilles évoquant d'ancestrales parures africaines, son crâne rasé en contraste avec le regard vert bordé de faux cils ou la perfection plastique de ses seins pâles entre lesquels dansait une bonne fois pour toutes un papillon. Denise ne portait qu'un string. Allongée sur un lit recouvert d'un drap blanc, le tatoueur noir assis derrière elle, la jeune femme rappelait l'Olympia de Manet. Le prénom de la sœur défunte d'Ophélie. Selon les goûts, une coïncidence plus ou moins poétique.

Denise parlait sans arrêt, peut-être pour oublier la douleur, avait expliqué qu'elle voulait une salamandre, qu'il s'agissait d'un motif typique des îles Marquises. On visualisait déjà le tatouage en devenir grâce au dessin fait au stencil que suivait l'aiguille électrique. La queue du batracien partait de l'arrière du cou, la tête s'arrêtait au milieu de l'avant-bras droit. On allait faire les yeux dorés pour ajouter du mystère, « car vois-tu, monsieur le flic, si les grands tatoueurs ne se risquent pas à introduire dans le derme des particules métalliques, ils sont toutefois capables comme les maîtres de la peinture classique de rendre l'effet de la dorure ou celui de l'argent ». Clémenti avait dit qu'il préférait tant qu'à faire qu'elle l'appelle Serge.

– D'accord, appelons-nous par nos prénoms. Moi c'est Denise et lui c'est Donatien. C'est le plus grand tatoueur de Paris. Au physique et au mental. C'est aussi un sage.

Avant de repasser au quai des Orfèvres, Clémenti avait fait un détour par son quartier. Malgré le panneau *Fermé*, il avait frappé chez TatouRage, une officine de réalisation de tatouages et de piercings, sur le trajet reliant le métro République à la rue de Lancry. Donatien, parce qu'il le connaissait de vue, l'avait fait entrer avant même qu'il ne décline son identité de commissaire.

– C'est un sage comme on n'en fait plus parce que tout en transformant nos corps en œuvres d'art, il raconte des histoires. Tu veux connaître celle de mon papillon, Serge ?

– Pourquoi pas ?

– En grec, *psyche* veut dire à la fois « âme » et « papillon ». Il représente la faculté que possède l'âme de quitter le corps. Sur des urnes anciennes, on a retrouvé des motifs montrant des papillons qui s'approchent des flammes. C'est l'idée de la purification de l'âme par le feu. Et le papillon qui émerge de son cocon est le symbole de la renaissance. Mais un cocon ce n'est pas trop excitant comme motif.

– Un papillon est en effet plus excitant.

Pour un conteur, Donatien était remarquablement silencieux. Sa machine faisait en revanche un bruit d'essaim d'abeilles incitant Denise à parler fort. Il se concentrait sur le tracé mais on avait l'impression que l'encre partait dans tous les sens. Clémenti vit bientôt la patte de la salamandre émerger dans une ligne nette.

De minuscules gouttes de sang se mêlaient à l'encre humide. Donatien releva la tête et dit enfin :

– Intrigants, les tatouages, n'est-ce pas ? Mais je me demande tout de même pourquoi tu es là.

– J'enquête sur la mort d'Ophélie Reix. Tu as sûrement entendu parler d'elle.

– Je suivais son travail avec intérêt. Un personnage de Philippe Djian dit que pour être un bon écrivain, il faut avoir de la générosité, le sens de la dérision et être en colère. Je trouve que ces qualités sont valables pour tout artiste. Et Ophélie Reix les possédait.

– Et elle portait un magnifique tatouage dorsal.

– L'ange et la sirène. Tous les tatoueurs le connaissent.

– On m'a dit qu'il avait été réalisé par un maître japonais, continua Clémenti.

– Exact. Maître Inoshi III. Au Japon, l'apprentissage lie des disciples à un maître. Il faut des années pour savoir faire un *bonji*.

– Un bonji ?

– C'est une technique ancestrale. On utilise des aiguilles plantées dans des tiges de bambou. Ça prend beaucoup de temps, c'est douloureux et si c'est fait dans les règles de l'art, le résultat est magnifique.

– Que représentent les figures de l'ange et de la sirène, à ton avis ?

– Ce qu'Ophélie Reix a voulu exprimer d'elle-même. Le tatouage est une démarche intime. Une des expériences les plus personnelles qu'on puisse vivre.

– Mais encore ?

Donatien avait souri. Il dit :

– Tu t'imagines que tu vas pouvoir lire le nom de son meurtrier sur son dos, Serge ?

– Sa mort ressemblait sacrément à une mise en

scène. Je veux comprendre les détails avant de saisir le sens général du motif.

– On vit dans un monde trop cartésien, dit Denise d'une voix boudeuse.

– Comment ça ? demanda Clémenti.

– On ne sait plus lire les signes et les symboles comme les Anciens. J'ai entendu à la radio qu'elle était morte vers deux heures du matin. C'était bien l'Ascension, je ne me trompe pas ?

– Tu ne te trompes pas.

– Un ange abattu en pleine Ascension. Tu y as pensé ?

– Il me semble que j'essaie justement de les lire avec vous, ces symboles. Tu ne crois pas ?

– Je crois surtout que tu devrais réfléchir un peu moins avec ta tête, dit Denise. Tu es sympa mais trop cérébral.

– Dans les textes hindouistes, les anges sont des femmes offertes en récompense aux guerriers les plus braves, dit Donatien. Dans l'alchimie, ils représentent la sublimation. Le passage de l'état solide à l'éthéré. La frontière entre le physique et le spirituel. Mais pour la plupart des religions, les anges messagers et protecteurs symbolisent l'élévation spirituelle.

– Et les sirènes ? demanda Denise.

– Tout le contraire. Ce sont des tentatrices qui entraînent les hommes à leur perte. Elles incarnent l'autodestruction du désir.

– Les contradictions d'Ophélie se battaient en duel sur son dos, dit Denise d'un air rêveur.

Clémenti décida de rester chez TatouRage le temps que la salamandre soit terminée et apprit que les modifications corporelles étaient la réminiscence d'anciennes pratiques mais aussi l'expression d'un changement déjà amorcé. La race humaine n'avait jamais cessé d'évoluer. La silhouette féminine en était le meilleur exemple : bassin plus étroit autorisé par la césarienne, poitrine plate pour cause de prédominance du biberon. Un jour ou l'autre, nous ne serions plus jamais les mêmes. Quelques-uns avaient décidé d'accélérer le processus. Ces cyborgs prônaient la rencontre entre l'homme et la machine. Pour certains scientifiques et designers qui planchaient sur les implants fonctionnels, il n'était plus question de perpétuer la race par la reproduction mais d'améliorer le corps humain. En attendant, Donatien et Denise se considéraient comme des modernes primitifs. Un raccourci qui permettait de lier les anciennes cultures tribales au rêve du corps futuriste triomphant.

– Je pense que nous allons devenir androgynes, dit Denise avec conviction. On finira par libérer la femme du portage de l'enfant. D'ailleurs j'ai lu qu'un artiste voulait devenir sa femme.

– Comment ça ? demanda Donatien en s'esclaffant.

– Je te jure que c'est vrai ! Grâce à la chirurgie esthétique, il devient petit à petit le clone de sa femme. C'est une démarche un peu spéciale mais c'est le signe d'une révolution à venir. Avec les nouvelles techniques de reproduction, le sexe disparaîtra. On maîtrisera les gènes du vieillissement et on vivra plusieurs centaines d'années.

– C'est peut-être un peu long, non ? dit Donatien en prenant du recul pour regarder la troisième patte de la salamandre.

– Non, je ne trouve pas. Moi, j'ai plein d'idées pour m'occuper, dit Denise. Par exemple, je suis prête à vivre une histoire sexuelle torride avec un flic. Dès que j'aurai cicatrisé. Qu'est-ce que tu en dis, commissaire ?

– Que ton papillon me plaît beaucoup mais que malgré les apparences, je suis en service.

– Je t'ai dit qu'il fallait d'abord que je cicatrise.

– J'ai comme le sentiment que cette enquête va être longue.

– Tu préfères peut-être Donatien ?

– Tu vas un peu te taire, Denise ! Tu nous fatigues, dit le tatoueur.

– Donatien porte un Prince Albert. Tu sais ce que c'est ?

– Je sens que tu vas me le dire.

– C'est un piercing du pénis irrésistible. Je vais tout t'expliquer.

***

C'était le même type de matelas pneumatique en croix mais rouge cette fois. Ophélie y était sanglée sur le dos et avait les yeux grands ouverts et fixes. Elle flottait dans un bassin rempli de formol. Autour d'elle, des corps gris. Gros plan sur des mains émaciées aux ongles démesurément longs. Un autre sur un visage ni féminin, ni masculin, transformé par la mort. Le film durait trois minutes.

– C'est franchement dégueulasse, dit le lieutenant Argenson en allumant une cigarette comme pour chasser l'odeur qu'ils imaginaient tous.

– Je préfère de loin celui avec la fausse bite au hammam, dit Marcellin N'Diop.

– Moi, j'ai un faible pour la séance de Nutella, ajouta Argenson.

Serge Clémenti introduisit la quatrième cassette dans le magnétoscope et dit :

– Ça s'intitule *Tokyo, la maison de verre*.

La vue aérienne d'un parc entouré de maisons aux toits de tuiles bleues. Depuis l'hélicoptère, le cameraman fait le point sur une colline dégagée, bordée par un ruisseau. Un pont rouge. Et une structure en acier et verre. Qui se révèle être une petite maison complètement transparente. Le cameraman a atterri. Il tourne autour de la maison, s'attarde sur les visages de badauds, surtout des mères de famille avec leurs enfants et des vieillards. C'est sans doute l'été ; ces Japonais sont peu vêtus. Ophélie entre dans le champ de la caméra avant de pénétrer dans la maison. Elle se sert un verre d'eau du robinet et va s'asseoir devant la télévision qu'elle allume à la télécommande. Le cameraman la filme en alternance avec les visages interrogateurs des passants. Autre séquence : la nuit tombe. Plusieurs équipes de télévision sont là. Le nombre des badauds a considérablement grossi. Il y a bien plus d'hommes et de jeunes gens. Dans la maison de verre, Ophélie Reix prend sa douche. On distingue son tatouage. Dans l'assistance, les commentaires vont bon train. Autre séquence : sur le lit, Ophélie en pyjama occupée à lire. Les spectateurs sont assis en groupes, certains pique-niquent. Des jeunes ont apporté un *sound system* et dansent sur de la techno. Une sirène casse l'ambiance. Gros plan sur une voiture de police avec gyrophares. Trois hommes en uniformes sombres en sortent et dispersent la foule sans difficulté. Ophélie tapote son oreiller et éteint la lumière. Nouvelle séquence : un policier en gros plan chante une berceuse, ses deux collègues se poussent du coude en riant.

– Eh ! je connais cette chanson, dit Philippe Argenson. C'est dans le dessin animé *Pokémon* que regarde mon fils à la télé. Une bestiole ronde chante cette berceuse et ça endort tout le monde. Et la bestiole se vexe. Et pour se venger gribouille sur le visage des dormeurs avec un feutre. Oui, c'est ça ! Elle s'appelle Rondoudou.

– Je n'ose pas imaginer ce que le coup de la douche aurait donné à Rome, Paris ou New York, dit Marc Sanchez.

– Une émeute, répondit sobrement Marcellin N'Diop.

Le téléphone de Clémenti sonna. Clémenti décrocha en regardant le flic chanter sa berceuse.

– J'ai rêvé de toi cette nuit, dit Louise.

– Et qu'est-ce qui se passait ?

– L'espace était coupé en deux par une diagonale comme sur une carte à jouer. Chez moi, il faisait chaud et ensoleillé. Chez toi, il neigeait. En y repensant, j'ai eu très envie de t'appeler. Voilà, c'est fait.

– Je ne demande qu'à te faire rêver plus agréablement.

– On se verra ce week-end de toute façon.

– Une artiste a été tuée sous le pont de Grenelle, cette nuit. On est en plein boum mais je vais faire mon possible pour être libre.

– Entendu.

Il raccrocha avec la musique de ses mots en tête. Et sans doute un léger sourire parce que Argenson et N'Diop lui jetèrent un coup d'œil entendu.

– Serge, il y a quelque chose qui me tracasse, dit Sanchez.

– Dis toujours.

– Ophélie Reix était connue mais ce n'était pas une superstar. Elle a pourtant réussi à tourner dans des endroits où des laissez-passer étaient nécessaires.

– J'ai eu la même idée que toi. J'ai appelé son homme à tout faire, Gregory Patte. Mais je n'ai parlé qu'à son répondeur. Je réessaye.

Cette fois, Clémenti put s'entretenir avec Patte. Il dit ensuite à ses hommes :

– La vidéo au bassin de formol a été tournée à l'hôpital Saint-Gratien dans le 13e. Les démarches entamées sont remontées jusqu'au ministère de la Santé. Christian Donovan, l'ex-mari d'Ophélie Reix, est un ami du secrétaire d'État qui a donné l'autorisation de filmer. Donovan a aussi donné de sa personne pour la vidéo travelo. (Il marqua un temps d'arrêt et poursuivit :) Il s'est prêté à un moulage de son pénis. Gregory Patte m'a expliqué qu'on avait utilisé une pâte de dentiste pour mouler l'organe sans qu'il y ait solidification[1]. Le démoulage fut indolore.

– Méticuleux, dit Sanchez d'un ton admiratif.

– « Il prête son sexe à son ex-femme », ça ferait un beau titre pour *Paris-Match*, dit Marcellin N'Diop.

– Ces gens-là sont des *aliens* venus d'une autre dimension, ajouta Philippe Argenson avec une grimace.

– Des *aliens* ? demanda N'Diop.

– Des extraterrestres, en anglais. C'est plus court et ça sonne mieux. On comprend tout de suite qu'un *alien* vient d'ailleurs et ne compte pas y retourner avant de nous avoir emmerdés un maximum.

1. D'après la performance de l'artiste polonaise Katarzyna Kozyra intitulée *Les Bains des hommes*.

Chapitre 6

Il était douze heures cinquante et Louise mangeait une pizza qu'on venait de lui livrer. Assise devant le mur vitré, elle fixait le salon au canapé rouge et attendait avec impatience le lever de Donovan. Un peu lent comme série mais on s'attache aux personnages, se dit-elle en attaquant la troisième part. L'antiquaire émergeait en général vers huit heures mais hier, après avoir emmené une jeune violoniste souper, il était rentré tard et passablement éméché. Enfin, il arriva, transportant sa tasse de café, et s'assit sur le voltaire. Cheveux blonds mouillés aux épaules, il ne portait qu'une serviette blanche nouée autour des reins. Il avait vraiment une belle musculature. Louise prit ses jumelles et étudia son expression : sereine malgré les yeux cernés. Il avait son pendentif autour du cou : Louise l'entendait encore expliquer à un collectionneur qu'il s'agissait d'un morceau de météorite.

Donovan prit la télécommande et alluma la télévision, zappa un temps, une jambe passée au-dessus de l'accoudoir dans une pose familière. Louise mit les écouteurs. Il avait choisi de suivre le treize heures ; la présentatrice parlait des rebelles tchétchènes aux prises avec l'armée russe. Elle enchaîna sur les chiffres du chômage : la

France sous la barre des dix pour cent pour la première fois depuis 92.

Donovan se leva et s'approcha de l'écran, s'agenouilla à un mètre. Avec les jumelles, elle scruta son visage : choqué, il fixait la présentatrice et une photo de femme apparue en incrustation. Louise saisit la télécommande et chercha la chaîne. France 2. Un reportage sur les bords de Seine. Les quais face à la Maison de la Radio. Le tracé d'une grande croix en X sur le sol. Des hommes-grenouilles sondaient le fleuve non loin d'un cruiser blanc, le *Normandie*. Plan large sur le reporter posté devant le grand escalier de la Crime :

« L'assassinat d'Ophélie Reix, trente-deux ans, plonge les communautés artistiques française et internationale dans la consternation. À deux heures ce matin, la jeune artiste effectuait une performance sur la Seine lorsqu'elle a été abattue avec un fusil à pompe par un tireur embusqué sous le pont de Grenelle dans le 16e arrondissement de Paris. Une équipe de la Brigade criminelle a été dépêchée sur les lieux mais son responsable, le commissaire Serge Clémenti, n'a souhaité faire aucun commentaire. Rappelons que la victime était la fille de l'expert en instruments anciens Martin Reix. »

– Mince ! dit Louise à haute voix.

Elle monta le son :

« Ophélie Reix faisait partie de cette génération d'artistes aventureux qui a choisi le body-art. Ils utilisent leurs corps pour des performances souvent spectaculaires et parfois scandaleuses retransmises au moyen de médias tels que la photo ou la vidéo. Internet, les galeries, les musées et même les télévisions se font l'écho de leurs œuvres. On se souvient notamment du séjour d'Ophélie Reix dans une maison de verre à Tokyo pendant lequel rien de son intimité n'a été caché aux caméras et dont voici un extrait. »

Tu parles d'une épitaphe, pensa Louise en regardant une foule de Japonais matant une fille occupée à se brosser les dents. Puis poursuite sur l'interview d'un galeriste qui dit tout le bien qu'il pensait de la jeune artiste et de son talent : « … une femme courageuse qui cherchait l'émotion là où elle se love, dans les recoins dangereux de nos âmes fatiguées. Elle parlait avec fougue, violence, ironie de la solitude, de notre intense besoin d'amour, de notre méconnaissance de ce besoin. Il faut savoir qu'elle a commencé son œuvre après un traumatisme. Sa manière à elle de regarder la réalité en face. Il y a neuf ans, sa mère et sa sœur ont disparu dans un accident de voiture à la sortie de Toulouse. Seule Ophélie y a survécu. » Louise continua d'écouter tout en regardant Donovan immobile devant le téléviseur. « Elle m'a confié que cette même nuit, elle était morte puis revenue à la vie. Dans la peau d'une personne tout à fait différente. Par la suite, il lui a fallu beaucoup de temps pour découvrir qu'en fait, à la suite de cette tragédie, elle était devenue la vraie Ophélie Reix. »

Donovan se redressa brutalement et perdit sa serviette. Il resta debout tourné vers Louise, les mains aux hanches et la tête penchée. Louise, qui l'avait déjà vu se balader nu, lui trouva une fois encore un sexe d'acteur de porno. Il avait l'air malheureux comme les pierres et elle eut envie de le prendre dans ses bras pour le réconforter. Il se tourna vers le téléviseur. La présentatrice était de retour avec un autre sujet : la sortie d'un film sur une passion impossible entre Charlotte Gainsbourg et Gérard Lanvin. Donovan zappa. Dessins animés, un autre journal, un bout de pub. Des clips musicaux. Louise fit de même et arriva sur M6. Un jeune blondinet à tête de chien triste reprenait un tube des Beatles :

Happiness is a warm gun / Happiness is a warm gun / When I hold you in my arms / And I feel my finger on your trigger

Donovan composa un numéro sur son sans-fil et arpenta le salon l'oreille collée au combiné. Pas de réponse. Il recommença. Louise abandonna les jumelles pour le caméscope et le filma qui jetait le téléphone sur le canapé rouge, allait vers le bar. Il s'accroupit pour attraper une bouteille et but plusieurs fois au goulot. Louise zooma : c'était de la tequila.

I know no one can do me no harm / Because happiness is a warm gun

Yes it is

Il finit par s'asseoir sur son canapé, son corps si blanc sur le tissu si rouge, et regarda droit devant lui. Louise fit le point sur son visage. Il ne pleurait pas.

***

– J'ai jamais vu un truc pareil, Serge, dit Thomas Franklin en se resservant du confit de canard. On dirait Super Jaimie, la femme bionique.

En général, les médecins légistes ne se déplaçaient jamais pour les flics de terrain. Ceux-ci allaient recueillir l'information à l'IML, place Mazas. Franklin faisait une exception pour Clémenti parce qu'il appréciait ces trop rares déjeuners en sa compagnie, brasserie Beaucaire, une des cantines du quai des Orfèvres. En ce jour férié, l'ambiance était différente de l'accoutumée. Clémenti ne détestait pas cette atmosphère familiale et ces voix de gamins.

– Elle est truffée d'acier et de polymère, poursuivit le légiste. Sa chatte est percée. Un anneau sur la grande lèvre, un autre sur la petite. Idem pour le nombril. Et ses seins avec des aiguilles en croix. En haut de la poitrine, elle porte aussi des implants, deux barres horizontales de trois millimètres d'épaisseur sur quatre centimètres de long. C'est réalisé en Téflon et c'est biocompatible. Les chirurgiens les utilisent pour les coques de cœur artificiel. Quant au grand tatouage, elle a dû en baver pendant un bout de temps. Étonnant.

– Il a été réalisé au Japon suivant une méthode traditionnelle. Le bonji. Aiguilles d'acier sur bambou. Ça fait très mal.

– J'imagine, dit Franklin avec un frisson exagéré.

– Pas de trace de drogue ?

– Non. Ni d'alcool. Et son dernier repas remontait à dix heures environ.

– Ce qui veut dire qu'elle a démarré sa performance le ventre creux. Spartiate.

– Exact. D'autant que la nuit dernière, il faisait 10°C à tout casser. Il y a aussi ces points de suture sur l'abdomen et la cuisse droite. Une vieille blessure.

– Elle a eu un accident de voiture.

– J'ai entendu ça à la télé. On a du nouveau pour le fusil à pompe ?

– Les hommes-grenouilles n'ont rien récupéré.

– Difficile de se barrer avec un engin pareil dans les pattes, pourtant !

– On n'a trouvé aucun témoin. Le week-end de l'Ascension, la moitié de Paris file se mettre au vert. Et à deux heures du matin, le promeneur se fait rare.

– Et la vidéo ? C'est quand même pas tous les jours qu'on filme un meurtre en direct !

– Le labo m'a envoyé des tirages très artistiques. Je les ai là. Juge par toi-même.

Clémenti but une gorgée de madiran en observant Franklin. Le légiste sortit le paquet de photos envoyé par coursier le matin et fit la grimace.

– Fantômas, le génie du crime, dit-il en rendant le dossier au commissaire.

– Oui, c'est peu instructif mais assez esthétique. En fait, ça me rappelle *Blow up*, un de mes films préférés. Je l'ai vu à sa sortie. Je devais avoir dix-sept ou dix-huit ans. Ça m'a marqué. Tu connais ?

– Je ne suis pas très cinéma.

– C'est bâti comme un thriller mais c'est une étude sur l'illusion. L'histoire d'un photographe qui en développant sa pellicule jusqu'à la limite découvre un meurtre.

– Eh bien là, c'est raté. Le visage de ton meurtrier est aussi clair que du jus de boudin. La silhouette est celle d'un homme de taille moyenne ou même d'une femme.

– Le tireur savait qu'il y avait une performance et que comme toutes celles d'Ophélie Reix, elle était filmée.

– Nous voilà bien avancés, glousa Franklin. Qu'est-ce que tu vas en faire ? Les encadrer pour les mettre dans ton living-room ?

– L'idée n'est pas plus stupide qu'une autre.

– C'était une personnalité hors normes, cette Ophélie, dit Franklin en se resservant du vin. (Il but une gorgée, attendit un peu et dit :) Je parie que tu creuses de ce côté-là, hein, Serge ?

– Il est vrai que son mode de vie avait de quoi déplaire. Un dingue psychorigide ou un proche frustré a pu…

– Frustré de quoi ?

– Elle était artiste comme d'autres sont religieuses. C'est ce qu'a laissé entendre son père, l'antiquaire Martin Reix. Il y avait une vieille rancœur entre eux. Selon lui, le public d'Ophélie grossissait à l'inverse de ses relations personnelles. À part celles qu'elle entretenait avec sa tribu.

– Sa quoi ?

– Elle vivait avec un groupe de fidèles qui l'assistait dans son travail.

– Un petit côté gourou, non ?

– Peut-être bien, malgré ses airs de gamine.

– Et je constate qu'avec tout ça tu prends le temps de lire Shakespeare, ajouta Franklin en soupirant.

– Tu n'y es pas du tout. On nous a expliqué qu'Ophélie Reix dérivait sur le fleuve pour travailler sur le thème de son prénom. Or, elle a trouvé la mort sur l'eau comme la fiancée d'Hamlet. J'ai relevé un passage intéressant. Écoute : « Ses vêtements se sont étalés et l'ont soutenue un moment, nouvelle sirène, pendant qu'elle chantait des bribes de vieilles chansons, comme insensible à sa propre détresse, ou comme une créature naturellement formée pour cet élément. Mais cela n'a pu durer longtemps : ses vêtements, alourdis par ce qu'ils avaient bu, ont entraîné la pauvre malheureuse de son chant mélodieux à une mort fangeuse. »

– Oui, c'est beau comme du Shakespeare. Et à part ça ?

– Qui te dit que le meurtrier n'avait pas lu *Hamlet* ?

– Tiens, voilà justement Othello, dit Franklin en désignant la porte.

Le lieutenant Marcellin N'Diop affichait son sourire grande largeur habituel. Il attendit que son patron l'invite à s'asseoir et dit qu'il était venu les interrompre parce que le téléphone de Clémenti ne répondait pas.

– Je le coupe toujours au restaurant, dit le commissaire.

– Quelle mentalité de fonctionnaire ! Et si tes hommes veulent te joindre ? demanda Franklin en servant du vin à N'Diop. Être moderne, c'est être disponible en permanence, mon vieux !

– Plus je vieillis, plus je les considère comme mes jambes, répondit Clémenti. Tous ces exercices me les gardent en forme.

– Vous allez être content, patron, dit N'Diop. Le labo a appelé. Une des lettres adressées à Ophélie Reix est écrite avec du sang humain.

– Entre les types qui ne se servent pas de leur portable et ceux qui ne lisent pas les derniers développements scientifiques dans le journal, il y a de quoi faire, dit Franklin.

– Les tests d'ADN sont lancés ? demanda Clémenti.

– Je suis allé moi-même déposer les pièces au labo de la préfecture, et j'ai mis la pression pour que ça sorte au plus vite.

– C'est ce que je te disais, Thomas. Mes lieutenants restent en grande forme.

– Et Argenson justement, qu'est-ce qu'il fout ? demanda Franklin.

– Il déjeune d'un sandwich en étudiant les papiers de la victime, dit Clémenti. Un garçon impeccable. De toute façon, je crois qu'il n'aime pas le confit.

– Il a relevé des déplacements en Europe et neuf voyages à Tokyo sur une période d'un an, ajouta N'Diop. Dans ces périodes, les frais sont réduits. Pas d'hôtels et peu de restaurants. On peut supposer qu'elle a été invitée.

– Les artistes ont des avantages que nous n'avons pas, dit Franklin.

– Bon, je retourne au Quai aider Argenson, dit N'Diop.

– Argenson se débrouille très bien tout seul, dit Clémenti. Vous m'accompagnez chez Christian Donovan, N'Diop.

– C'est qui celui-là ? demanda Franklin.

– L'ex-mari d'Ophélie Reix.

– C'est peut-être l'homme bionique. Demande-lui s'il a la bite percée. Figure-toi que c'est très en vogue…

– Je suis parfaitement au courant. Il existe une grande variété de possibilités. Le Prince Albert est un piercing très prisé, connu pour augmenter le plaisir de son propriétaire comme de ses partenaires et qui cicatrise en un ou deux mois. L'anneau en métal biocompatible entre par l'urètre et sort au niveau du frein du prépuce.

– Tu parles comme une planche anatomique, dis donc !

– Il paraît que le mari de la reine Victoria y passait un lien de cuir qu'il nouait autour de sa cuisse. Ce dispositif permettait à Albert, lors des cérémonies officielles, de soustraire au regard du public les érections provoquées par la présence de sa femme.

– La reine Victoria. Bandante.

– Eh oui. On peut aussi se faire implanter des billes en Téflon tout le long de la verge. L'opération est peu douloureuse car la peau est souple à cet endroit. On ouvre au scalpel un passage entre deux incisions pour passer un tube en acier avec lequel on va loger la bille sous la peau. Certains trouvent que l'espèce humaine ne mute pas assez vite et que la science peut accélérer les choses. Le corps est perfectible, vois-tu.

– Et moi qui croyais t'épater. Comment sais-tu tout ça ?

– C'est comme pour Shakespeare, je m'imprègne.

– Shakespeare portait un Prince Albert ? demanda N'Diop.

Chapitre 7

Louise essaya une fois encore de joindre Clémenti sur son portable et raccrocha quelque peu énervée. L'idée que leurs deux enquêtes puissent être en relation la faisait passer par une série d'états contrastés qui ne produisait que de la confusion. Donovan téléphonait sans plus de succès. Il avait même appelé les renseignements pour savoir si la ligne de Martin Reix était en dérangement. Il avait passé un jean et un T-shirt, abandonné la bouteille de tequila aux pieds du voltaire et mangeait des bretzels, sans doute pour neutraliser la brûlure de l'alcool sur son estomac vide. Louise se demandait comment il avait connu Ophélie Reix et quels avaient été leurs rapports pour qu'il soit bouleversé à ce point.

Elle se décida à appeler le CHU de Toulouse, passa la frontière d'une standardiste, d'une infirmière en chef et parla à un interne qui la renvoya aux archives où on finit par lui dire qu'on ne donnait aucun renseignement par téléphone.

Elle vit Donovan se lever pour aller répondre à l'interphone. Quelques instants plus tard, Serge Clémenti, accompagné du lieutenant Marcellin N'Diop, pénétrait dans l'appartement.

Son interlocuteur était un homme séduisant et Clémenti admit que cette découverte n'en était pas une. Il se doutait bien que Louise ne fantasmait pas sur le premier venu. Christian Donovan possédait ce calme mystérieux qui titille les femmes. Et il avait à peine passé la trentaine. L'antiquaire avait appris la mort de son ex-épouse. Son visage en portait les stigmates et même sa voix. Il semblait harassé et sentait l'alcool. D'ailleurs, une bouteille de tequila vide traînait à côté d'un fauteuil voltaire.

Donovan les invita à s'asseoir sur le canapé rouge et en traversant la pièce Clémenti jeta un coup d'œil à la façade de l'immeuble de bureaux. Louise les observait depuis le cinquième étage. Belle vue plongeante. Elle était comme un de ces Japonais attendant le moment de la douche dans la maison de verre.

Donovan s'assit en tailleur sur le tapis, indifférent au fait que Clémenti le dominait depuis le canapé. N'Diop restait debout les bras croisés et regardait autour de lui. Il y avait peu à voir, l'appartement était à peine meublé mais c'était un vide chic. Le commissaire présenta ses condoléances et demanda :

– Quels étaient vos rapports avec votre ex-femme ?

– Amicaux.

– Aucune acrimonie ?

– Non. C'est elle qui m'a quitté mais ça s'est passé sans drame. Elle voulait vivre à fond sa vie d'artiste. Ophélie concevait sa pratique d'une manière religieuse bien qu'elle ne soit pas croyante. Sans trahir sa pensée, je peux dire qu'elle est comme entrée dans les ordres.

– C'est une attitude que vous compreniez ?

– Il y en a peu que je ne comprenne pas. En tout cas, je ne lui en voulais pas. C'est difficile à croire mais nous étions restés très intimes. Psychologiquement. Nous avions un lien indéfectible. Simplement, il n'y avait plus d'aspect sexuel et routinier dans notre relation. On se voyait toujours avec plaisir, au gré des surprises de la vie…

– Vous ne vous êtes jamais remarié, coupa Clémenti.

Donovan leva les sourcils mais son étonnement fila vite :

– Il est vrai qu'après elle je n'ai plus éprouvé le besoin de me lier à une autre femme.

Clémenti regarda un instant la baie vitrée et se sentit cruel. D'autant plus que la cruauté ne semblait pas concerner un homme comme Donovan. Le lieutenant Argenson avait parlé d'« *aliens* venus d'une autre dimension ». Avec sa brutalité habituelle, Argenson n'avait-il pas mis pour une fois le doigt sur un bout de vérité ? De son propre chef, Donovan reprit le fil :

– Au sortir de l'adolescence, elle était déjà ce qu'elle allait devenir mais elle ne le savait pas.

– C'est-à-dire ?

– Je n'oublierai jamais le matin de mes dix-neuf ans. J'habitais la villa de mes parents à Suresnes. J'ai trouvé l'escalier couvert de roses. Il y en avait des centaines. Ophélie m'a avoué qu'elle avait rasé un parterre municipal la nuit. De mon point de vue, ça a été sa première performance. La mort d'Annie et d'Olympia n'a fait qu'accélérer le processus.

– Si elle vous aimait avec tant de romantisme, pourquoi vous a-t-elle quitté ?

– La mort de sa sœur l'a comme amputée. Elle est restée une semaine à son chevet et cette expérience a été le choc de sa vie. Et une révélation. C'est à partir de là qu'elle est devenue une artiste engagée. Un être qui montre le chemin. Je sais que tout ça a l'air pompeux. Mais c'est ce que je ressens profondément. J'ai eu beaucoup de temps pour y réfléchir. Neuf années en fait.

Il avait eu un sourire nostalgique. Clémenti sentait son calme. Il regarda un instant le visage du lieutenant N'Diop. Captivé. Clémenti se consola en se disant que les saints avaient quelque chose d'emmerdant. Sur la longueur. Il pensa même au dos d'Ophélie et à la sirène qui levait la main vers l'ange. Une allégorie des amours platoniques de Christian Donovan et d'Ophélie Reix ? Quel chichi. La voix de Donovan le sortit de ses pensées :

– Je vous avoue que je suis étonné, commissaire.

– Et pourquoi ?

– Nous n'évoquons que des sujets très privés. Je n'y vois pas d'inconvénients mais j'avoue que ça me surprend, répondit Donovan en allant chercher la bouteille de tequila pour qu'elle fasse office de cendrier.

L'ange se rebiffe, se dit Clémenti avant d'allumer une cigarette sans demander l'autorisation. C'était un signe destiné au lieutenant N'Diop pour qu'il entre dans la danse et accélère le rythme.

– Eh bien, abordons les choses de manière plus officielle, intervint N'Diop. Que faisiez-vous dans la nuit du 31 mai au 1er juin ?

– J'étais avec Cécile, une amie violoniste. Après un dîner à la Coupole, nous sommes allés chez elle. Je l'ai quittée pour faire les bars.

– Lesquels ? demanda Clémenti.

– Le Scorpio et le Pensum. J'y vais de temps à autre.

N'Diop nota les noms et demanda :

– Vous y avez fait des rencontres ?

– Je n'ai philosophé qu'avec les barmen. Et je suis rentré vers quatre heures du matin. Plutôt ivre.

– Pourquoi vous être saoulé cette nuit-là ? demanda Clémenti.

– Sans raison particulière. Ou plutôt si. Cécile a un petit côté mante religieuse. J'avais envie de me changer les idées.

– Mante religieuse. Vous pouvez préciser ? reprit Clémenti.

– La tristesse post-coïtum, sans doute. Je ne sais pas exactement.

– Pourquoi cette tristesse si vous n'attendez plus rien des femmes ? demanda Clémenti.

Donovan eut encore ce sourire ténu que Louise devait trouver charmant.

– J'éprouve des sentiments contradictoires comme tout le monde, répondit-il. Je n'attends rien mais je prête quelquefois l'oreille aux histoires de ces gens qui ont trouvé alors qu'ils ne cherchaient plus. Elles semblent dire que rien n'est jamais définitif.

Oui, c'est ça. Et Martin Reix a été un dauphin dans une vie antérieure, pensa Clémenti en tapotant son mégot sur le goulot de la bouteille.

– Vous lui connaissiez des ennemis ?

– Elle m'avait parlé de lettres anonymes. Mais vous devez déjà être au courant.

– Exact. Je pensais à des contacts plus directs.

– Je ne vois pas.

– À défaut d'ennemis, des relations négatives…

– Anita Scoli, peut-être. Une toxicomane rencontrée à l'hôpital de La Grave à Toulouse après l'accident. Ophélie l'a prise sous son aile. Anita s'est vaguement calmée à son contact. Elle disparaissait régulièrement pour des virées, revenait pour continuer à jouer les parasites.

– Les parasites ?

– Ophélie lui offrait le gîte et le couvert. Mais Anita n'apportait rien à Ophélie.

– Où vit-elle ?

– À Montreuil avec la tribu, je crois. Si vous avez l'intention de creuser sa vie, autant vous dire tout de suite que j'ai couché avec elle. Je n'aurais pas dû.

– Pourquoi ?

– Elle était très accrochée. Je lui ai dit que c'était terminé. Elle m'a harcelé. Et puis, un jour, je n'ai plus eu de nouvelles.

– Jalouse d'Ophélie ?

– Aucune idée. C'était une fille en manque. En manque de tout. Je crois que son enfance a été plutôt sinistre. Elle m'en a peu parlé mais c'est ce que j'ai ressenti.

– Et à part Anita Scoli ?

– Ophélie parlait à tout le monde mais fréquentait peu de gens. Au fond, elle ressemblait beaucoup à son père. Sauvage et excentrique.

– Ils n'avaient pas de bons rapports, je crois.

– Ils se ressemblaient trop pour ça.

– Vous êtes resté fidèle à Martin Reix. C'est surprenant étant donné votre différence d'âge.

– Il faut croire que j'aime les excentriques.

Donovan parlait de ses amours sans pudeur aucune. Le sujet de l'amitié était plus délicat, même sous l'effet de la tequila. Clémenti essaya autre chose :

– Vous aidiez Ophélie dans son travail.

– Vous croyez ?

– Les autorisations pour l'hôpital Saint-Gratien. Le bassin de formol.

– Oui, je trouvais l'idée très forte.

– Un peu morbide, peut-être. Ophélie était-elle morbide ?

– Elle travaillait sur l'idée de la mort. Ce n'est pas la même chose.
– Jusqu'où aurait-elle pu aller à votre avis ?
– Je ne sais pas. Et vous ?
– Le victim-art.
– Ophélie était une survivante. Son instinct vital était très fort et la cruauté lui était étrangère. Se blesser ou blesser quelqu'un ? Non.
– Son travail était très provocant jusqu'alors. Cette performance sur la Seine est différente. Comme si Ophélie changeait de registre.
– Bonne analyse, commissaire.
Donovan sourit encore et se tut. Clémenti insista :
– Je ne comprends pas pourquoi Ophélie Reix a modifié sa trajectoire.
– Parce qu'elle était une artiste de talent. Et qu'elle se refusait à faire toujours la même chose.
– Vous qui suivez son travail au point de vous prêter au moulage de votre pénis, vous prétendez ne pas avoir remarqué ce changement ?
– Cette histoire de moulage vous choque ?
– Ce n'est pas le sens de ma question et vous le savez bien.
– Oui, j'ai remarqué ce changement mais je n'arrive pas à y réfléchir parce que je suis submergé par sa mort.
Avec cette dernière phrase Clémenti admit que Donovan avait dit la vérité de bout en bout ou qu'il était un menteur de grande classe. Ophélie Reix et Christian Donovan s'étaient-ils quittés en si bons termes ? Si Reix éprouvait encore tant de rancœur, comment Donovan faisait-il pour rester stoïque ? L'ange n'est pas si emmerdant que ça et c'est fâcheux, se dit-il. Il imagina la silhouette de Louise assise avec son casque, son caméscope et son désir grandissant. Celui qu'elle ne

voulait pas encore admettre. Clémenti se leva. Louise avait dit : « J'ai parfois le sentiment que l'homme que je surveille se sait observé. » Tout à l'heure, il avait cru capturer une expression légèrement équivoque sur le visage de Donovan. Quand il l'avait regardé qui fixait la baie. L'homme qui a vu l'homme qui a vu l'ours. Clémenti décida d'aller dire bonjour à l'ours.

Chapitre 8

Il avait envoyé Marcellin N'Diop se renseigner sur Anita Scoli puis interroger les barmen du Scorpio et du Pensum. Ensuite il était monté jusqu'à la planque de Louise en vérifiant que Donovan ne l'observait pas depuis ses fenêtres. Elle lui ouvrit avec un sourire naturel et bienveillant. Il y a deux semaines, elle y aurait mis plus de passion. Elle avait laissé ses écouteurs de côté et portait une robe beige boutonnée sur le devant et des sandales à brides fines qui rehaussaient la délicatesse de ses chevilles. Il tendit les mains à la recherche de sa chevelure mousseuse de la couleur du miel. Elle se laissa faire et embrasser. Ils n'avaient pas échangé un mot et il décida de continuer sur cette lancée en déboutonnant sa robe.

Elle portait des sous-vêtements noirs en dentelle. Il dégrafa son soutien-gorge, fit jaillir cette poitrine exubérante dont il était fou. Il la caressa tout en l'entraînant vers le matelas posé sur le sol et couvert d'un drap froissé. Il s'allongea de tout son poids sur elle tout en chassant l'image de Donovan qui flottait. La décontraction de cet homme. La sensualité manifeste de cet homme. La bouche collée dans le cou de Louise qui gémissait, il y réussit. Il la prit violemment alors qu'elle lui disait les mots qu'il aimait entendre. Il lui ordonna de ne pas penser deux secondes à le quitter.

– Allô ! Martin ? C'est Christian. Ça fait des heures que j'essaie de te joindre. Ne dis rien ! Ne bouge pas ! J'arrive.

Louise se redressa. Son dos pâle comme la nacre. Cette taille fine et ses hanches de douceur. Elle avait laissé le haut-parleur branché. Ils avaient entendu la musique qu'avait écoutée Donovan. Ravel. Le trio pour piano, violon et violoncelle. Clémenti avait supposé que c'était la pièce qu'Ophélie, Annie et Olympia jouaient mais il n'avait pas voulu confronter son point de vue à celui de Louise.

Pour l'instant, elle était toute tendue à l'écoute de la vie de Donovan. Lui sentait encore sa bouche sur son corps. Sur mon vieux corps, pensa-t-il. Pas de graisse, la tête de Steve McQueen mais tout de même. Il se redressa lui aussi et se pencha aussitôt pour aller embrasser ses cuisses puis regarder ses seins lourds vus du dessous. Des œuvres d'art. Toutes les performances du monde pour cette perfection. Et ce visage. Si têtu, si tendre. Elle l'embrassa rapidement et se leva. Il l'entendit faire quelques ablutions dans la salle d'eau et se leva à son tour pour regarder l'appartement de Donovan. Trois larges et hautes fenêtres. Une vue magnifique qui allait jusqu'à la porte d'entrée et le début du couloir menant à la chambre. Il n'y avait peut-être pas de quoi s'affoler, elle ne faisait que son travail. La voilà qui revenait, toute nue. Elle enfila rapidement ses sous-vêtements et remit sa robe. Il lui demanda d'enlever tout ça et de venir s'allonger contre lui. Elle lui jeta un regard provocant, le fit patienter quelques secondes et obéit.

Lové contre elle, caressant ses cheveux, il lui dit :

– Nos enquêtes se croisent une fois encore, c'est bizarre, non ?

– Oui, admit-elle. Mais après réflexion ça ne me déplaît pas. Tu vas pouvoir me donner des informations.

Elle avait un ton décidé. Il mourait d'envie de lui dire que ce mélange vie privée / vie professionnelle ne lui convenait pas du tout. Qu'il avait envie de la retrouver chaque nuit dans un espace qui n'appartiendrait qu'à eux. Qu'il se sentait à la fois très vieux et très jeune. Mais ce n'était pas le moment.

– Tu as pourtant bien entendu notre conversation. Aussi clairement que nous venons d'entendre celle de Christian Donovan au téléphone.

– Justement. Il a voulu que Reix en dise le moins possible au téléphone. C'est au-delà de leur deuil commun. Ils cachent quelque chose.

– Le groupe qui t'emploie pense qu'il est impliqué dans le vol d'un violon, c'est bien ça ?

– Oui, un strad.

– Un *strad* ?

– C'est le terme qu'emploient quelquefois les musiciens pour parler d'un stradivarius. Il y a quatre mois, MDM s'est fait voler le Habeneck. Il vaut vingt-quatre millions de francs.

– Rien que ça !

– Ce qui explique que pour l'avoir un type n'a pas hésité à tuer un violoniste. Avant moi et jusqu'à ce qu'ils décident qu'on gâchait l'argent du contribuable, ce sont tes collègues de l'OCBC qui planquaient. Le commandant Jude Morisset et le capitaine Emmanuel Scherrer.

– Connais pas.

– J'ai eu l'impression qu'il était très sincère tout à l'heure, non ?

Clémenti feignit de ne pas comprendre :

– Qui ça ?

– Donovan. Son affection pour Ophélie Reix est sûrement sincère.

Clémenti se demanda si elle avait dit ça avec amertume. Il penchait pour un oui. Il la serra un peu plus fort. Elle ajouta :

– Mais il faut tout de même admettre que son truc, c'est de séduire en racontant des histoires.

– Quel genre d'histoires ?

– Des histoires passionnées sur la musique et les musiciens. Et vraies qui plus est. J'ai vérifié.

– Comment ça ?

– Quand j'ai le temps, je vérifie ses dires sur le Net.

– Tu as un exemple ?

– Il était avec Cécile, la jeune violoniste, l'autre soir. En fait, c'est une élève en dernière année de conservatoire. Il a choisi de lui parler de Paganini. Pendant plus d'un an, Paganini a été suivi en tournée, secrètement, par un Anglais. L'homme prenait toujours la chambre d'hôtel contiguë à celle du virtuose. Il comptait l'écouter jouer sans cesse dans l'espoir de percer son secret. Peine perdue, Paganini répétait avec un assourdisseur. Des centaines de traités ont été écrits sur sa mystérieuse virtuosité. Un de ses contemporains a dit : « Nous n'avons jamais rien entendu de tel et n'entendrons plus jamais rien de tel. Détruisons nos violons ! » Il a enflammé l'âme du jeune Liszt qui lui a déclaré : « À moins de devenir fou, je serai un artiste lorsque nous nous reverrons. » On lui a attribué un pacte avec le Diable. On a dit de lui qu'il avait assassiné sa femme et utilisé ses intestins pour en faire des cordes de violon. On a dit mille choses sur ses conquêtes féminines et sa passion du jeu.

– Cécile a aimé ?

– Pour toute réponse, elle lui a demandé de lui prêter un de ses meilleurs violons. Donovan a sorti un Nicolo Gagliano de la chambre forte. Cécile s'est mise toute nue et lui a joué un morceau de Paganini. Ça s'est terminé sur le canapé rouge.

– Tu sembles fascinée par ce type.

– C'est toi qui es fascinant, Serge. Tu séduis en te taisant. C'est plus difficile.

Elle se mit à rire et lui demanda s'il était jaloux. Il répondit par l'affirmative, alors elle l'embrassa à plusieurs reprises et descendit vers son ventre en rampant comme un serpent. Il se demanda si à ce moment précis elle pensait à Donovan.

Louise expliqua à Clémenti qu'elle allait sans doute passer le week-end ici plutôt que de déléguer la planque à son ami Claude, le garçon boucher. Elle voulait rester sur la brèche. Il ne montra pas sa déception.

Quand Clémenti fut parti, Louise se brancha sur le Net à la recherche des travaux d'Ophélie Reix. Elle trouva une rétrospective organisée par le musée d'art moderne de Brooklyn. Elle apprit que le maire de New York, Rudolph Giuliani, choqué par les œuvres présentées, avait coupé les subventions avant que le tribunal ne l'oblige à les reprendre. Les vidéos formol et peep-show d'Ophélie voisinaient avec le travail de plusieurs artistes d'avant-garde assez remontés.

Le Britannique Marc Quinn avait sculpté une tête à son effigie dans un bloc congelé de cinq litres de sang qu'il s'était autoprélevés. Un portrait de la Vierge émaillé de coupures de revues pornographiques trônait dans des bouses d'éléphant. Louise fut particulièrement impressionnée par l'œuvre de l'Anglaise Tracey Emin : un lit souillé d'urine, de sperme, de vieux paquets de cigarettes, de préservatifs usagés, de culottes sales et d'une bouteille de vodka. Des extraits de presse éclairaient la démarche de ces créateurs avides de « concilier l'art et la vraie vie ». Un journaliste du *Point*, Jérôme Godefroy, déclarait : « Ces artistes ne se battent pas contre la société mais la révèlent par un effet de strip-tease. Dans un monde où il faut paraître performant et clean, ces œuvres parlent de solitude et de mal-être. Régressives, elles refusent toute sublimation de l'homme. Elles témoignent d'un refus du modèle bourgeois de l'art comme élément décoratif. »

Serge Clémenti avait dit qu'Ophélie vivait à Montreuil dans un vaste atelier qu'elle partageait avec sa « tribu ». Louise décida d'aller bientôt voir de plus près à quoi ressemblait le refus contemporain du modèle bourgeois.

Le lieutenant Marcellin N'Diop avait raconté à Clémenti ce qu'il avait appris au Scorpio et au Pensum. Donovan, client régulier, était passé la nuit du 31 mai au 1er juin. Pour autant, aucun barman ne pouvait dire précisément quand il était arrivé et reparti. À présent, N'Diop expliquait qu'Anita Scoli avait quitté la maison communautaire de Montreuil depuis environ six mois. Personne ne s'en formalisait. Ophélie l'avait « adoptée » après l'accident parce que toutes deux, elles en avaient bavé pour des raisons différentes. Ophélie en perdant une partie de sa famille. Anita en frôlant l'overdose. Elles avaient senti la mort approcher au même moment et trouvaient à leur expérience commune un goût d'éternité. Leur amitié durait donc depuis neuf ans avec des hauts et des bas. Surtout des bas du point de vue de Patte.

– Il trouve Anita Scoli vulgaire.
– Où est-elle maintenant ?
– Personne ne le sait et tout le monde s'en fout. Sauf nous.
– Bon résumé. On va lancer un avis de recherche.

Clémenti passa du temps au téléphone avec Éric Corona, le commandant des compagnies d'intervention de Toulouse. Il lui demanda d'envoyer un avis de recherche sur le canal national et apprit que la famille Scoli vivait toujours près du camp gitan de Girestons, un terrain vague transformé en cimetière de voitures volées.

– Le père bricolait dans la ferraille. Il est mort il y a quelques années. Ce sont de drôles de gens, expliqua Corona.
– Pourquoi ?
– Des asociaux. Tous obèses. Ils vivent entre eux. Les garçons sont partis pour se marier et puis ils sont vite revenus auprès de leurs parents, une fois divorcés. Et tout ça boit et chante. Des rengaines allemandes, le 14 Juillet. Vous voyez le genre ?
– Pas trop, mais ça va venir. Je m'imprègne. Continuez.
– Oh, c'est tout ce qu'il y a à dire.
– Et Anita ?
– Elle était grosse comme le reste de la smala. Et puis elle a maigri, sûrement parce qu'elle s'est droguée à l'héroïne. Malgré ça, elle avait de l'allure. Une belle fille. Avec mes gars, on la leur ramenait. La mère était un mur de graisse imperméable. Le père un alcoolo fini. Il y avait de quoi devenir fou dans cette ambiance. Un jour, Anita est partie pour de bon.

– Mais vous l’avez connue ? Vous étiez déjà en fonction à cette époque ?

– J’ai été muté plusieurs fois avant de redevenir toulousain. Au fil de mes affectations, j’ai gardé le contact avec mes proches ici et les histoires du pays ne se sont pas décousues. J’ai toujours su ce qui se passait chez moi.

C’est beau les racines, se dit Clémenti en raccrochant.

En guise d’éclaircissements, Clémenti déclara à ses lieutenants qu’il était grand temps d’aller boire une bière quai des Grands-Augustins ; il payait sa tournée. Une fois à la brasserie Beaucaire, le commissaire raconta les Scoli, Girestons, les rengaines du 14 Juillet et précisa qu’il partait seul à Toulouse. Personne ne demanda si c’était encore une histoire d’imprégnation mais le lieutenant N’Diop choisit ce moment pour évoquer l’arrivée imminente d’une visiteuse à Montreuil. Gregory Patte avait affirmé qu’il allait être interviewé par une journaliste de *Libération*, nommée Louise Morvan.

– Il se trouve que nos enquêtes se croisent une fois de plus, dit sobrement Clémenti.

Argenson tenta de capter le regard de N’Diop mais celui-ci fit mine de ne pas comprendre. Philippe Argenson n’avait jamais pu encadrer Louise Morvan.

Chapitre 9

Éric Corona était venu en personne chercher Serge Clémenti à son arrivée à l'aéroport de Toulouse-Blagnac. Puis le commandant des compagnies d'intervention l'avait emmené à Girestons. Les deux hommes avaient emprunté à pied le chemin de la Plage, la seule issue pour rejoindre le terrain vague où s'entassaient à perte de vue des carcasses de voitures.

– Il y en a plus d'un millier qui échouent ici chaque année. Le plus drôle de l'histoire, c'est que les gitans appellent régulièrement la fourrière pour qu'elle vienne dégager.

– Vous m'avez dit que Scoli était ferrailleur.

– Exact. Girestons, c'était son fonds de commerce au père Scoli. Comme un charognard, il venait se fournir au cimetière de voitures. Leur maison est à deux minutes par la route.

Ils reprirent la voiture et Clémenti expliqua qu'Ophélie Reix et Anita Scoli s'étaient connues à l'hôpital de La Grave.

– Pas étonnant, dit Corona. C'est le centre des toxicos. Anita y a fait plusieurs séjours. C'est la seule qui touchait à l'héroïne dans la famille. La mère et les trois frères carburent plutôt à la bière. Vous verrez, ils sont gratinés.

La maison était un corps de ferme délabré. Dans le jardin en friche traînaient une camionnette tube Citroën rouillée et quelques autres carcasses mécaniques et électroménagères. Un angelot en plâtre jouait de la flûte sur une fontaine branlante envahie par la mousse. Les Scoli étaient assis à côté d'un meuble de barbecue et une odeur de viande grillée flottait dans l'air. Un téléviseur installé sur une table de jardin marchait à plein volume. La mère et ses deux fils étaient trois montagnes de chair hypnotisées par le programme. Le plus jeune jeta un regard rapide vers Corona et Clémenti qui attendaient derrière la grille défoncée mais ne réagit pas. Les deux officiers patientèrent assez longtemps pour se rendre compte qu'il s'agissait d'un épisode de *La Petite Maison dans la prairie*.

– Police, madame Scoli, dit Corona. Pouvons-nous entrer ?

Elle ne bougea pas. En revanche le jeune se leva, une bouteille de bière vide en main, les regarda encore d'un œil morne et rentra dans la maison en prenant ses précautions pour marcher droit.

Corona passa par la grille entrouverte et avança vers le duo.

– Qu'est-ce que vous voulez ? demanda la mère sans quitter l'écran des yeux.

Le chant de l'accent sudiste tué par la voix coup de trique. Idem pour toute cette chair molle contredite par le visage dur.

– Savoir si vous avez des nouvelles d'Anita.

– Je la connais plus celle-là.

– Quand l'avez-vous vue pour la dernière fois ?

– J'en sais rien et je m'en fous.

Corona se tourna vers Clémenti l'air de dire :

« Qu'est-ce qu'on fait ? » Le commissaire alla se placer devant l'écran.

– Hé ! Barre-toi de devant ma télé, toi !

– Que reprochez-vous à votre fille ? demanda Clémenti en éteignant le téléviseur.

– Rallume !

– Regarde-moi bien !

– Pour quoi faire, hé con ?

– Je suis commissaire à la Crime.

– J'en ai quoi à branler ?

– Dans ta télé, il y a plein de types comme moi. Mais ils sont faux. Regarde-moi bien. Je suis vrai. Et en plus j'ai la tête de Steve McQueen.

La mère Scoli se tapa sur les cuisses en s'esclaffant.

– Toi, t'es un marrant, au moins. Hein, c'est un marrant ? dit-elle à son fils qui haussa les épaules.

Le jeune revint avec des bouteilles qu'il posa sur la table. Il saisit des steaks et des saucisses avec une pique et les mit sur une assiette. Il poussa distraitement une bouteille vers la mère, trempa une saucisse dans le pot à moutarde et la grignota en fixant le téléviseur comme s'il fonctionnait. La mère fit sauter le capuchon de porcelaine, porta le goulot à ses lèvres et dit :

– Je bois à ta santé, Steve McQueen. (Elle rota, lui tendit la bouteille, demanda :) T'en veux un coup, mon poulet ?

Clémenti la prit sans hésiter et but une bonne gorgée avant de la lui rendre.

– Hé, t'as une sacrée descente, mon beau salaud !

– Rallume ! merde ! cria le fils aîné.

– Anita ? demanda Clémenti.

– Je l'ai foutue dehors, répondit la mère. C'était une droguée.

– Elle a fugué plusieurs fois. Elle est revenue récemment ?

– Ça fait des années qu'elle est barrée, mon poulet ! Je l'ai jetée pour de bon. J'me souviens même plus quand c'était. Cinq ans. Dix ans. Le temps passe tellement vite quand on se marre.

– Télé ! brailla l'aîné.

– Et toi, le téléspectateur, tu as des nouvelles de ta sœur ? continua Clémenti.

– Ma sœur ? Non.

Le plus jeune fixait toujours l'écran gris, Clémenti lui demanda :

– Et toi, tu as des nouvelles d'Anita ? Tu sais où elle se trouve ? Regarde-moi, fils. Je te parle.

– Faut le laisser, dit la mère. C'est mon simplet.

– Anita, elle faisait toujours sa maligne, dit le simplet.

– Qu'est-ce que tu veux dire ? demanda Clémenti.

– Ma sœur, elle voulait toujours faire sa maligne.

– Je veux la télé, dit le fils aîné en glissant un steak entre deux tranches de pain tartinées de moutarde.

Clémenti ralluma le téléviseur et rejoignit Corona qui attendait en fumant une cigarette. Il lui tendit son paquet. Clémenti se servit et dit :

– Gratinés.

– Je vous avais prévenu. En plus, ils disent sûrement la vérité. Quel intérêt aurait Anita à revenir ici ? Elle est la seule qui s'en soit sortie finalement.

Ils fumèrent en silence. Corona répondit à deux appels radio. Clémenti s'adossa contre la voiture de fonction et observa les Scoli, immobiles si ce n'était quelques mouvements de bras pour mettre bouteilles et boustifaille sur orbite. Des années-lumière séparaient leur vie de celle qu'Anita avait menée avec Ophélie Reix et la tribu de Montreuil. De vertigineuses années-lumière. Clémenti laissa ses pensées flotter. La chaleur grimpait, l'odeur des champs montait en puissance, stimulée par une brise légère gâchée par les effluves de viande grillée. Il y avait même le chant d'un grillon en soliste sur ceux de mille oiseaux. Le tout superposé aux dialogues de *La Petite Maison dans la prairie.*

– On y va, commissaire ?

– Encore un peu, si vous le permettez, Corona.

Clémenti écrasa sa cigarette du talon. Il essaya d'imaginer Anita Scoli, pachydermique devant la télé entre ses gros frères et ses gros parents. Les demeurés, le ferrailleur alcoolo, la mégère imbibée. Tranche de vie grillée sur barbecue. Christian Donovan avait parlé de l'enfance *sinistre* d'Anita Scoli, l'avait qualifiée de parasite avant d'ajouter : « J'ai couché avec elle. Je n'aurais pas dû. » Gregory Patte trouvait la jeune femme vulgaire. Et le lieutenant N'Diop avait bien résumé la situation : « Personne ne sait où elle est et tout le monde s'en fout. Sauf nous. » On aurait pu ajouter : et jadis Ophélie Reix. Ophélie qui selon Donovan avait pris Anita « sous son aile ». Son aile duveteuse d'ange ; angélique Ophélie qui sauvait une droguée en perdition. À voir.

La détonation éclata, suivie de deux autres. Ça venait de l'arrière de la maison.

– Fusil à pompe ! dit Corona en sortant de la voiture.

– Vous avez l'oreille musicale, dit Clémenti

– C'est plus une question de probabilités. On a pas mal d'adeptes de ce genre d'instruments dans le coin.

Le gars tirait depuis le premier étage, vers l'étendue frissonnante des champs. Il y avait une cabane à outils défoncée, une moto guère plus reluisante et au loin un château d'eau. Il tirait donc dans le vide, on voyait le canon sortir de l'embrasure de la fenêtre et ses gros bras et son ventre.

– C'est Joël. Y fait rien de mal, dit la mère qui arrivait en soufflant comme un phoque. C'est rien, j'vous dis.

– Il a un port d'arme, votre fils aîné, madame Scoli ? demanda Corona.

– Un port d'arme ! Y tire depuis qu'il est haut comme ça, dit-elle en montrant le milieu de son ventre. Et c'est la première fois qu'y fait un carton depuis des années. J'croyais qu'on l'avait paumé ce fusil !

On avait embarqué Joël Scoli et son trois coups au commissariat. Éric Corona comptait bien l'inculper pour port d'arme illégal. Depuis fin 1998, tous les fusils à pompe, trois coups ou cinq, étaient soumis à autorisation préfectorale. Clémenti obtint de Corona de faire envoyer l'arme au labo de Paris. Il y avait une vague chance pour que le fusil « paumé » puis retrouvé de Joël Scoli soit celui qui avait servi à abattre Ophélie Reix.

Clémenti assista à l'interrogatoire. De temps à autre, il jetait un coup d'œil à la photo d'Anita Scoli placardée dans le bureau de Corona, prise lors de sa dernière arrestation, neuf ans auparavant. Il lui faudrait demander un tirage à Corona. Une jolie blonde au regard brun. Des traits fins si ce n'était la bouche, charnue, lèvres un rien entrouvertes comme si la jeune fille s'apprêtait à répliquer vertement face au vol de son image par le photographe. La couleur des cheveux et les yeux en amande : c'était la seule ressemblance avec l'aîné boursouflé des Scoli. Ce dernier déclara qu'il avait retrouvé son vieux fusil dans le bric-à-brac du père et qu'il avait eu envie de tirer comme quand il était gamin. La nuit du meurtre, il était chez lui avec la famille. D'ailleurs, il ne quittait jamais la région de Toulouse. Corona dit à Clémenti que le gars n'était pas assez intelligent pour s'inventer un alibi sur le pouce. Le commissaire approuva.

Clémenti songea à rester à Toulouse pour le week-end puisque Louise n'était pas disponible mais un appel de Marcellin N'Diop le samedi matin à six heures l'en dissuada. Le labo avait transmis les résultats du test ADN et il y avait un gars à aller cueillir. Le garçon de salle d'une clinique parisienne de chirurgie esthétique. Un drôle de nom : Gérard Gropiron. On n'en sort pas de ces histoires de modification corporelle, se dit Clémenti en s'extirpant de son lit.

Chapitre 10

– Je vais te raconter quelque chose, ma chérie, et tu vas me croire. J'ai la mafia russe derrière moi. En la personne de Yaskine. Tous moscovites, tous goys, tous. Des brutes, mais on ne fait plus rien sans eux aujourd'hui. Ce sont les hommes de Yaskine qui ont volé le stradivarius. Par hasard. Par ouï-dire. Oui, crois-moi ! Ces moujiks qui ne connaissent rien à rien ont réussi à voler le Habeneck. On vole, on voit après. Ces incultes n'avaient pas idée de qui voudrait ou pourrait acheter un violon de ce prix. Alors ils ont fait appel à moi, Lucien Mankievitch, trafiquant notable. Russe encore un peu quelque part. Mon arrière-grand-père diamantaire né à Kiev lorsque l'Ukraine était une région de la Grande Russie. Mon arrière-grand-père donc, ruiné au jeu. Je me demande encore si c'est un conte à dormir debout de ma mère ou la réalité. Mankievitch le Russe, le juif russe. Né à Issy-les-Moulineaux. Il y a cinquante-cinq ans.

Lucien Mankievitch était attablé au Piranha, un troquet prétentieux employant deux serveurs léthargiques. Installé juste derrière la devanture avec une poivrote à qui il offrait son deuxième pastis de la demi-heure, il se contentait d'un café sans arôme et d'une tartine chiche en beurre. La poivrote faisait au moins quatre-vingts ans, ressemblait à l'une de ses tantes du côté de sa mère. Une gitane fumeuse de pipe qui avait fini chez les dingues. Même dingues, même crasseuses, les vieilles femmes étaient rassurantes. Il était important d'aller les voir de près régulièrement. La poivrote entendait sans écouter. Idéal. D'ailleurs, il parlait bas. Rien que pour se soulager. Il fallait que ça sorte de temps en temps. On se sentait tellement mieux après. Il ajouta :

– Cette histoire est fausse comme toutes celles que racontaient ma mère et ma grand-mère. Elles se donnaient le mot, les femmes de ma famille. Après, impossible de faire le tri.

La poivrote fourgonna un peu dans un sac en raphia bourré à bloc de mystérieuses vieilleries en marmonnant. Ça la prenait toutes les quatre ou cinq minutes comme une vague. Vérifier que tout était en place dans sa besace de Mary Poppins retraitée.

– Mais si tu étais capable de me comprendre, ma chérie, je deviendrais aussi causant qu'une carpe farcie. Parce que quand il s'agit de me taire, je me tais. C'est comme pour la nourriture. Je mangerais bien tout le temps mais je sais qu'il y a toujours un moment où il faut s'arrêter. Pour que le ventre n'éclate pas. Et le pire, c'est que cette histoire de Yaskine qui fait voler le Habeneck par ses mafieux, je l'ai racontée à des gens intelligents. À Martin Reix et à Christian Donovan. Des commerçants de l'art. Comme moi mais en bien plus gros. En bien plus chics. Et ils m'ont cru. Alors que ce Habeneck, c'est moi qui l'ai volé. Mais avec Yaskine derrière moi, avec Yaskine l'ange noir qui n'a même pas besoin d'exister pour que tout le monde chie dans son froc de trouille, moi je n'ai peur de rien. Tu vois l'idée, ma chérie ?

Le seul avantage du Piranha était d'offrir une vue excellente sur la rue de Bellechasse et l'immeuble de Martin Reix. Et d'ouvrir tôt. Très tôt. Le vieux allait sortir avec son jogging de marque, avec son sac anglais de marque et son air de prendre la rue tout entière à témoin de son importance. Un type de soixante-dix ans qui s'y croyait encore. Qui pensait que s'il respirait le même air que les autres, ça voulait dire qu'il était encore vivant. Il allait faire trempette pour se maintenir en forme alors que sa fille venait de mourir. Sophistiqué.

Le roi Reix parut à six heures et quart. Dire qu'il se plaignait de sa femme de ménage portugaise. Il n'y en avait pas beaucoup qui acceptaient de démarrer leur journée à six heures ! Mankievitch refusa son troisième pastis à la poivrote et paya l'addition.

Elle ouvrit et lui sourit parce qu'il y avait quatre mois de ça, elle l'avait vu chez Reix. Elle avait son petit chiffon doux dans la main droite. Mankievitch lui envoya un coup de boule en pleine gueule. Et la poussa à la renverse dans l'appartement. Il la cogna deux fois avec une matraque légère et ferma la porte. Étendue pour le compte et sans un cri. Originale, la carte de visite pour Martin Reix. Il ficela la bonne femme au radiateur avec la cordelette achetée ce matin à la droguerie et lui colla de l'adhésif brun sur la bouche.

– Kitakitakitakita ! Viens mon chat. Viens.

Mankievitch se sentit particulièrement fier de se souvenir du nom du chat de Reix. Une belle bête au poil soyeux. Un chat d'antiquaire rive gauche.

– Kitakitakitakita !

Il le trouva sur le lit du vieux. Tout au bout de ce couloir plein de tableaux. Il se demanda au passage s'il ne devrait pas en piquer un. Et puis non. On allait se montrer princier.

L'angora était planqué sous l'armoire de son vieux maître maintenant. Mankievitch enfila des gants et se noua son écharpe d'hiver sur le visage, mit ses lunettes. Sage précaution, la Kita se débattit et griffa, siffla tant qu'elle put. Elle était partout à la fois dans la piaule du vieux. Mais Mankievitch la sonna comme la femme de ménage, à coups de matraque.

Il alla à la cuisine splendidement équipée et mit le chat dans le four à chaleur tournante. Il tourna le bouton sur P, comme pyrolyse. Et comme 330°. Il attendit que la petite clé jaune apparaisse sur l'écran. Une fois le programme enclenché, il n'y avait pas moyen d'ouvrir la porte du four avant que la chaleur ne soit redescendue à une température moins extrême. Sous la barre de quoi ? Des 150° ? Le temps nécessaire au nettoyage s'afficha : deux heures trente. Le corps du chat faisait comme une tache opalescente derrière la vitre fumée de ce beau four dernier cri.

Cette cuisine était vraiment splendide. Mankievitch paria pour un luxe inutile. Le vieux si mince ne devait même pas se faire sérieusement à manger dans cette cuisine terrifiante de perfection. Le réfrigérateur contenait du caviar, du saumon fumé, une demi-bouteille de champagne, une botte de radis, du beurre, des tranches de magret de canard séché. Mankievitch hésita. Il pouvait manger tout ça. Il pouvait à six heures du matin bouffer d'un seul coup toutes les provisions d'un vieil antiquaire rien que pour l'emmerder. Mais quand il avait décidé de ne pas manger, il ne mangeait pas et puis le chat allait commencer à cramer. Il referma la porte de ce réfrigérateur américain qui fabriquait des glaçons à la demande.

En repassant à côté de la Portugaise allongée et qui grognait vaguement, Mankievitch vit un plumeau qui dépassait de la poche de sa blouse. Il le prit et le glissa dans son encolure. Ça lui faisait comme une aigrette derrière la tête. Touche finale.

Il referma doucement la porte derrière lui, emprunta l'escalier. Tapis feutré, du marbre, des moulures. La vieille France du vieux Reix. Le vieux Reix avait perdu le violon qui lui avait été confié par le camarade Yaskine. Comme c'était bête. Et comme ça allait devoir s'arranger vite tout ça. Parce que Lucien Mankievitch avait autre chose à foutre que de laisser passer la putain d'affaire de sa vie ! Lucien Mankievitch voulait aller à Kiev sur les traces de sa fausse famille et aux Bahamas sur les traces de la vraie vie. Il lui fallait aussi de toute urgence une cuisine de luxe avec comme point d'orgue un réfrigérateur qui pondait des glaçons.

Il traversa la rue de Bellechasse pour aller récupérer sa voiture garée devant le Piranha. Et soudain, il se souvint de ce que Donovan avait dit à Reix et que Reix (qui était un peu gâteux) racontait à tout le monde et donc à Mankievitch : le chat avait été une femme dans une autre vie. C'est désagréable, ça, comme pensée, se dit-il en imaginant une belle blonde mince aux yeux verts dans un manteau de fourrure.

Chapitre 11

Assis dans le bureau du commissaire, les mains menottées dans le dos, Gérard Gropiron était flanqué de deux OPJ chargés de l'avoir à l'œil pendant l'interrogatoire. Ils avaient l'air nerveux. C'était des petits jeunes. Ou pas vraiment. Le problème, c'est que ces derniers temps Clémenti trouvait à tous les OPJ et même aux officiers nouvellement mutés à la Crime un air juvénile. Même s'ils avaient dépassé la trentaine.

On avait fait une prise de sang à Gropiron. Elle avait révélé que l'employé de la clinique Esthetica, rue de Constantinople dans le 8e, était sous l'empire de Phencyclidine ou PCP, une amphétamine puissante qui dopait force physique et agressivité. Ce qui expliquait pourquoi il avait soudain piqué sa crise et mordu Argenson au pouce quand le lieutenant avait voulu le menotter à l'arrière de la voiture banalisée. Gropiron venait de passer quelques heures de descente au dépôt et faisait face à Clémenti. Il n'était pas encore tout à fait revenu sur la planète Terre. Le bruit de la boîte de boisson énergétique pour l'effort sportif jetée par Clémenti dans la poubelle métallique lui avait tiré une drôle de grimace.

Le commissaire avait maintenant les mains croisées sur son maroquin au cuir buriné. Assis sur le bureau,

Philippe Argenson fixait Gropiron en tirant sur sa cigarette, le pouce dissimulé sous une grosse poupée de gaze. Le tabac était interdit dans les bureaux mais Argenson ne pouvait pas s'en passer pendant les gardes à vue. Ça le calmait. Clémenti sentait qu'il avait une furieuse envie de défoncer la tête du prévenu.

Gropiron ne parlait pas. Il déglutissait. Toutes les trente secondes, et ça agaçait Argenson. Clémenti se demandait comment il allait le prendre, ce brun frisé serré, petit mais compact, à l'énergie d'animal fou. Les yeux pâles ne se fixaient pas longtemps. Ils erraient comme des oiseaux malades. Sa barbichette accentuait son côté faune. Clémenti avait fait récemment installer un grand miroir à dorures derrière lui pour que les « clients » puissent se regarder en face. Mais ce client-là refusait de se voir. Il voyageait dans sa tête confuse, yeux et glotte en folie. Il rappelait au commissaire ce tueur en série. Trente-six heures de garde à vue et le type niait toujours. Clémenti avait senti la difficulté qu'avait cet homme à maintenir ses émotions en place. En douceur, il avait contourné le siège où l'autre se tenait si droit, lui avait caressé l'épaule. Clémenti avait accompagné d'un doigt les mouvements de sa glotte et lui avait dit : « Ta vérité est blottie là-dessous. Je la sens bien. Elle veut sortir. Elle sortira. » Le commissaire avait répété massage et message plusieurs fois et les aveux étaient sortis de la gorge affolée. Marcellin N'Diop en était d'abord resté sans voix mais avait rebattu les oreilles de la Brigade avec l'histoire de la glotte magique pendant un mois.

Clémenti sentait qu'avec Gropiron, il allait falloir trouver autre chose. Les faits peut-être. Tout simplement les faits. Il envoya Argenson pour le galop d'essai. Un classique : le méchant flic, le flic dur mais juste. Vu leurs tempéraments respectifs, ce n'était pas une partie difficile à jouer.

– Tu sais pourquoi t'es là, mon gars ?

Coup de glotte, coup d'œil qui va, qui vient. Une tête de débile et pourtant le commissaire n'avait pas l'impression d'avoir affaire à un demeuré complet.

– Tu t'es mis dans les ennuis jusqu'au cou. Tu l'as bien compris ?

Gropiron baissa la tête et la garda penchée sur le côté. Il avait l'air plus inquiet qu'agressif maintenant. Argenson se leva, posa sa cigarette sur le rebord du bureau, alla s'accroupir à un mètre du type et lui regarda les trous de nez.

– Hé, je te parle, le technicien de surface ! Tu me réponds. C'est simple comme jeu, non ?

Les deux « uniformes » regardaient la scène d'un œil neuf. L'un d'eux gardait la main sur la crosse de son Smith et Wesson. L'autre serrait les lèvres. Ils avaient eux aussi envie de corriger le type qui avait joué à Hannibal le Cannibale avec leur collègue. Une question de génération, se disait Clémenti.

– On t'a encadré une fois déjà. Tu te souviens bien de cette affaire. On t'a fait un joli code-barres pour l'occasion. Grâce à ça, on te retrouve où on veut, quand on veut. Tu vois le truc ?

Argenson se releva d'une détente et appuya sur la nuque de Gropiron.

– Vas-y. Lorgne tes godasses un bon coup et ensuite regarde-nous, pédé !

Gérard Gropiron n'aima pas le dernier substantif. Il releva la tête et ses yeux pâles incendièrent le lieutenant qui fit mine de reculer sous l'effet d'une peur subite.

– T'es un dur, mon p'tit pédé ? Ouh ! j'ai peur, ma grande.

– Vous n'avez pas le droit de m'insulter.

– J'ai le droit de te dire que pour moi, tu n'es qu'un p'tit pédé qui a peur des femmes. C'est écrit dans ton code-barres.

Argenson jeta un œil à Clémenti qui lui fit signe de venir se rasseoir. Le commissaire ouvrit un dossier et dit :

– J'ai là une analyse d'ADN effectuée sur des hommes du quartier du fort d'Aubervilliers où vous habitiez au moment des faits. Une écuyère du théâtre équestre battue et violée. Trois mois de coma avant de pouvoir témoigner avec ce qui lui restait de mémoire. La recherche a permis d'écrouer Maurice Rimbaud. Un de vos collègues à l'époque où vous étiez dans l'équipe de nettoyage du lycée technique Le Corbusier.

– C'était lui, alors forcément c'était pas moi.

– Vous le connaissiez. Et notre prise de sang confirme que vous vous droguez. Je cite là des faits, monsieur Gropiron. Mais aujourd'hui vous n'êtes pas là pour l'écuyère.

Clémenti fouilla le deuxième tiroir de son bureau à la recherche d'un Romeo y Julieta qu'il n'avait pas l'intention d'allumer, mais le geste produisait toujours un effet théâtral intéressant. Gropiron le regarda faire. Couper le bout du cigare, le respirer en le faisant tourner, le mettre en bouche. Jouer avec son briquet, le poser sur le maroquin d'un geste sec et lever les yeux. Des yeux gris très neutres. Clémenti reprit d'une voix calme :

– Vous n'êtes là ni pour l'écuyère, ni pour les amphétamines, ni même pour agression contre les forces de l'ordre. Vous êtes là parce que vous avez peut-être passé une frontière. Et si vous l'avez bel et bien passée, sachez que nous ne vous laisserons plus faire marche arrière. Où étiez-vous la nuit du 31 mai au 1er juin ? La nuit de l'Ascension.

– J'étais parti chez mes parents.

– Vous répondez sans hésiter. Ce qui veut dire que vous y avez réfléchi et que vous savez pourquoi vous êtes ici.

– J'ai pas fait de grosses études mais je suis pas con au point de vous expliquer pourquoi vous m'avez embarqué.

– Disons que vous êtes *relativement* con. L'idée de mordre un flic n'est guère brillante.

– Je prends du speed pour pas dormir les nuits où je bosse et maintenant je peux plus m'en passer. Et ça me rend nerveux si on me cherche.

Clémenti le regarda un moment en silence et dit :

– Alors pour lutter contre l'insomnie vous écrivez.

– J'écris ? Ah bon.

– Des lettres, et pour faire plus gothique, vous les signez de votre sang.

– Je vois pas de quoi vous parlez.

– Du code-barres, intervint Argenson. On ne te parle que de ça depuis le début, mon gros.

Clémenti prit la lettre dans le dossier et lut :

– « Tu n'es qu'une merde qui se croit quelqu'un. Tout ça pour nous montrer tes fesses osseuses. Rhabille-toi l'artiste sinon on s'occupe de toi. » Signé : « Un admirateur. » C'est de vous, cette superbe critique d'art.

– Je vois pas qui c'est cette bonne femme.

– En tout cas, vous avez vu que c'était une femme. Sans qu'on vous le dise.

– Les fesses osseuses, l'artiste, c'est une femme. Forcément.

– Tout le monde a des fesses. Même vous.

– Quelqu'un qui aguiche en montrant ses fesses, c'est forcément une femme.

– On voit que vous n'avez pas connu l'époque Polnareff.

– C'est qui Paul Naref ?

Chapitre 12

– Les Japonais veulent la peau d'Ophélie. Il faut la leur donner.

Serge Clémenti écoutait Gregory Patte lui expliquer que le représentant du musée d'Anatomie de l'université de médecine de Tokyo avait atterri à Paris ce matin. Norio Murakami était aussi un ami d'Ophélie. Il n'avait jamais manqué une seule de ses performances au Japon. Il souhaitait prolonger son séjour pour assister à l'incinération au crématorium du Père-Lachaise. Patte réglait les derniers détails pour en faire des adieux mémorables mais désacralisés. La cérémonie aurait lieu lundi à dix-sept heures.

– Le problème, c'est que les fonctionnaires de l'Institut médico-légal ne veulent pas nous laisser procéder au prélèvement sans votre accord écrit.

– Je peux leur faxer. Mais qu'en dit Martin Reix ?

– Ophélie était majeure ! Elle a exprimé sa volonté dans un document dont j'ai une copie. Norio Murakami est bien sûr venu avec l'original. Vous pouvez faire le nécessaire ?

– Je peux. Gérard Gropiron, ça vous dit quelque chose ?

– Non, qui est-ce ?

– Le signataire d'une des lettres anonymes. Un type

porté sur les amphétamines. Il était dans un fichier d'empreintes génétiques pour une autre affaire. C'est un garçon de salle de la clinique Esthetica, rue de Constantinople.

– Oh !

– Comment ça, « oh » ?

– C'est dans cette clinique qu'Ophélie s'est fait implanter ses deux barres en Téflon.

– On vient de sauter quelques cases grâce à vous.

– Vous pensez que ce garçon de salle l'a tuée ?

Clémenti releva une note de déception. Le meurtrier potentiel manquait de chic. Garçon de salle. Technicien de surface. Garçon de surface. Technicien de salle. On pouvait le tourner dans tous les sens : rien que du prosaïque.

– Il faudrait être stupide pour apposer sa signature génétique au bas d'une lettre destinée à sa future victime. Surtout quand on travaille dans le milieu médical.

– Un garçon de salle, vous savez !

– Justement, reprit Clémenti. Le meurtrier a choisi la période de l'Ascension pour descendre un ange. Et la performance où Ophélie joue avec son prénom. « Ses vêtements se sont étalés et l'ont soutenue un moment, nouvelle sirène, pendant qu'elle chantait des bribes de vieilles chansons, comme insensible à sa propre détresse. »

– C'est du Shakespeare, ça !

– Exact. Et Shakespeare nous dit que celui qui a tué Ophélie est plus intelligent, voire plus pervers, que Gropiron.

– C'est quelqu'un qui la connaissait bien alors ?

– Pourquoi ?

– La pire des perversions est de faire du mal aux gens persuadés qu'on ne leur veut que du bien.

– Pas forcément. Ophélie appartenait à tout le monde. Il suffisait de voir ses vidéos une fois pour sentir qu'elle s'adressait à tout un chacun. L'idée d'un spectateur choqué n'est pas à exclure.

– Au lieu de sauter quelques cases, on revient au point de départ, dit Patte d'un ton las.

– C'est toujours comme ça. Il ne faut pas être trop optimiste. Pourquoi Ophélie avait-elle choisi cette clinique ?

– Parce que le patron, Geoffrey Bilal, ne pouvait pas refuser sa clientèle.

– Comment ça ?

– La clinique Esthetica a essuyé un gros revers il y a deux ans lorsque le fisc s'est penché sur leurs dossiers après des plaintes pour publicité mensongère. Bilal et ses associés avaient vu gros. Des millions d'investissements. Un budget publicitaire colossal. Après le redressement, il a fallu la jouer modeste. Une fois la tempête essuyée, toute cliente était la bienvenue. Même une moderne primitive tentée par d'étranges modifications. Tel que je vous connais, je parie que vous savez déjà ce qu'est un moderne primitif. Je me trompe ?

– C'est quelqu'un qui remet au goût du jour d'ancestrales pratiques de décorations corporelles. Il déclare ainsi à qui veut l'entendre que son corps lui appartient, mais refuse tout de même l'individualisme ambiant. Il n'est pas loin de rêver d'un idéal communautaire. Ou *tribal* comme vous.

– Pas mal du tout. Et qu'est-ce que vous en pensez ?

– Rien, monsieur Patte. Ce qui m'intéresse c'est de trouver le meurtrier de votre amie. Et j'aimerais savoir si vous connaissiez la famille d'Anita Scoli.

– J'avais trop peu de contacts avec Anita.

– Pourquoi ?

– Manque d'atomes crochus.

– Son frère possède un fusil à pompe. C'est illégal.

– Vous voulez dire que c'est peut-être cette arme qui…

– Les résultats balistiques sont négatifs. Anita n'a jamais parlé armes avec vous ou avec Ophélie ?

– Ça ne me dit rien. Vous voyez Anita ou un Scoli derrière le fusil ? Je veux dire celui qui a vraiment servi à tuer Ophélie ?

– La mère et les fils Scoli n'ont pas bougé de Toulouse. Mais j'étudie toutes les possibilités.

– Anita vivait aux crochets d'Ophélie. Elle n'avait aucun intérêt à lui nuire.

– Vous saviez qu'elle avait couché avec Donovan ?

– Tout se sait dans la tribu.

– Ophélie l'avait bien pris ?

– Ils étaient divorcés !

– Des divorcés très proches.

– Ophélie n'a jamais dit qu'elle en avait souffert. Et ça n'a été qu'une passade pour Donovan.

– À bientôt, monsieur Patte.

– Merci d'avance pour le fax, commissaire !

– Je vous en prie.

Clémenti ouvrit son petit réfrigérateur personnel à la recherche d'une boisson énergétique et la but en laissant ses pensées vagabonder. Ensuite il alla dire à N'Diop et Argenson qu'il allait falloir relancer l'interrogatoire parce que le rapport entre Ophélie Reix et Gérard Gropiron était trouvé. Le garçon de salle n'aimait pas les modernes primitifs.

***

Louise s'était fait ouvrir la porte de l'atelier de Montreuil par le type qui avait un drôle de nom. Gregory

Patte. Il avait aussi un texte en tibétain ancien tatoué sur le crâne. Il ne s'était pas fait prier pour expliquer qu'il s'agissait du mantra de sa naissance : « le vaisseau de lune ». En le voyant, Louise avait pensé à ces espions de la Grèce antique qui se rasaient le crâne pour qu'on y inscrive un message secret et laissaient leur chevelure repousser avant d'aller le délivrer au destinataire. Mais Patte n'avait, semble-t-il, rien à cacher et parlait sans qu'on ait besoin de le pousser.

Elle avait téléphoné dès jeudi, expliqué qu'elle réalisait en free-lance une enquête de fond pour *Libération* sur les performeurs. La mort d'Ophélie Reix avait été un choc pour la rédaction. Louise avait cité son ami, le journaliste Jean-Louis Béranger. Donné son numéro de téléphone. Si Patte l'appelait à propos d'une Louise Morvan, Béranger ne ferait pas l'étonné. Elle avait utilisé ce subterfuge maintes fois sans souci. Et sa fausse carte de presse était bien imitée.

Patte expliqua la démarche d'Ophélie, sa quête de l'image émotion qui agit immédiatement sur le cerveau du spectateur et reste en tête, flotte « comme un nuage intrigant » lorsque la performance est terminée. À Montreuil, on ne vivait pas en communauté (le terme avait des relents babas cool) mais en tribu. Il y avait en plus cette amie, Anita, qui allait et venait, au gré de ses humeurs. En ce moment, elle était ailleurs. Personne ne savait où.

Ils pénétrèrent dans la chambre d'Ophélie Reix. La plus grande. L'ancienne forge de l'atelier d'outillage datant du début du XIXe siècle. L'artiste avait tenu à garder le gros marteau-pilon rouillé au milieu de la pièce. Il était comme un totem auquel elle avait fixé des photos avec du ruban adhésif rouge.

– C'est Ophélie avec le violon ? demanda Louise.

– Oui, elle jouait en trio avec sa mère et sa sœur jumelle avant leur disparition dans un accident. Ophélie tenait aux traces de son passé mais elle n'en parlait jamais. C'est difficile à croire mais elle était très pudique en fait.

– Là, on la voit seule avec son étui à violon. C'est à Charles-de-Gaulle ?

– Exact. Elle partait à Kyoto réaliser une série de performances. Ça s'appelait *Flamingo*. Le corps couvert de peinture rose, elle faisait des apparitions surprises. Du supermarché au temple zen. C'était fort. Le public était très réceptif.

– Elle emportait son violon à chaque fois ?

– Oui, je crois qu'elle aimait jouer pour elle dans les hôtels si ça ne dérangeait pas les autres clients. Mais maintenant que j'y pense, c'est un peu triste. Ces photos, ce violon, c'est tout ce qui lui restait de sa vie familiale. Ou plutôt tout ce qu'elle avait voulu garder. Elle avait coupé les ponts, vous savez. Tous les liens, sauf ceux qui la reliaient à la tribu. Elle nous appelait sa famille réinventée. Et je trouve que c'est la meilleure attitude. Vous croyez aux liens du sang, vous ?

– Je n'ai jamais réfléchi à la question.

Les liens du sang. Ophélie Reix avait dit non à tout cela. Non à Donovan. À sa peau pâle, sa musculature parfaite, sa gueule d'Indien blond. Et sa douceur zen. Plus de liens. Restait le sang.

Chapitre 13

Cherche sel de la terre / Rabatteuse de l'enfer...

Le commandant Jude Morisset monta le son du lecteur de cassettes et sourit au capitaine Emmanuel Scherrer qui était en train de se servir un café à la bouteille Thermos. Ils roulaient vers la planque de Louise Morvan. Jude Morisset avait décidé d'aller y jeter un œil régulièrement. Par acquit de conscience. Scherrer regrettait quant à lui de n'avoir pas réussi à s'y rendre seul. Il était divorcé depuis un peu plus d'un an et n'avait jamais rencontré une fille aussi bandante au fil des quelques aventures érotiques et rapides vécues après le départ de Karine et de leurs deux garçons.

– Moi aussi, j'aime bien Dutronc, dit Scherrer.

– Je ne t'ai rien demandé, Emmanuel !

– Bien sûr que si, je t'ai entendu me causer mentalement. Je répète : j'aime bien Jacques Dutronc.

– Tant mieux. Le café est bon ?

– Infect, comme d'habitude. Du pur jus de chaussette.

– Mon grand-père anglais le faisait toujours comme ça.

– Certaines traditions gagnent à être oubliées, Jude.

– On peut en boire beaucoup, c'est l'avantage.

Cherche meurtrière en sursis /
Incendiaire dans la nuit...

« Ce qu'il y a de terrible dans cette vie c'est qu'on n'a pas le droit d'être taciturne. Il faut toujours être de bonne humeur, en forme. Il ne suffit pas de faire honnêtement son boulot. Il faut aussi expliquer pourquoi et comment on le fait. Et trouver des anecdotes et des mots charmants. Il faut être et paraître. Pour que les journalistes comprennent plus vite parce qu'ils sont comme tout le monde. Ils n'ont plus le temps d'aller jusqu'au fond des choses. Putain, que c'est fatigant ! »

Donovan étant absent, Louise regardait une interview d'Ophélie Reix sur Canal Web, une télé sur le Net. Il apportait un Nicolo Gagliano et un Auguste-Sébastien Bernardel au musicien allemand pour qu'il les essaie salle Cortot. L'acoustique y était parfaite ; le virtuose allait faire sa sélection en présence d'amis musiciens.

L'interview datait de neuf mois. Le journaliste, un gars d'une vingtaine d'années, avait l'air d'en baver. Ophélie Reix était fatiguée d'expliquer son travail mais leur duo devait tenir l'antenne une heure. Elle accepta de parler musique. Elle évoquait les connexions entre l'œuvre de Ravel et la musique traditionnelle balinaise lorsque Jude Morisset et Emmanuel Scherrer se matérialisèrent dans le bureau. Ils avaient gardé la clé. C'était leur prérogative et le tribut payé à une administration qui laissait généreusement une privée utiliser des locaux réquisitionnés par l'État français. Les officiers de l'OCBC ne débarquaient pas à une heure indue, c'était déjà ça.

Emmanuel Scherrer s'était fait beau. Il portait un jean et un polo noirs, des chaussures élégantes. Elle avait senti dès le premier contact qu'elle lui plaisait et cette révélation n'était pas désagréable. Au café de la rue de Penthièvre, il lui avait confié qu'à ses rares moments perdus il écrivait un roman à partir de son expérience personnelle. Il se surprenait parfois à écrire dans sa tête. Ou plus exactement il réécrivait certaines conversations avec des gens de son entourage pour en faire des dialogues plus forts parce que retravaillés. Il avait aussi lâché dans la conversation qu'il était divorcé et père de deux enfants.

– Il n'est pas là ? demanda Jude Morisset.

– Parti livrer des violons, répondit Louise en retapant le matelas qui lui servait de lit et ressemblait vaguement à l'œuvre de l'artiste extrémiste du musée de Brooklyn.

Amusé, Morisset demanda :

– Il va bien ?

– Moins depuis l'assassinat de son ex-femme, Ophélie Reix. Vous avez dû suivre ça.

– La performeuse abattue sur la Seine, intervint Scherrer. Elle est la fille de Martin Reix, l'associé de Christian Donovan.

– Et si cette mort avait un rapport avec le Habeneck ? continua Louise.

– Vous voulez dire qu'on aurait abattu la fille Reix pour faire pression sur le vieux, ou sur Donovan, ou sur les deux ? demanda Morisset d'une voix faussement naïve.

– Pourquoi pas ?

– Nous avons déjà réfléchi un peu à tout ça, voyez-vous, mademoiselle Morvan. Et je vais sans doute vous paraître cruel mais, en fait, ce meurtre ne change rien. Pour nous, j'entends.

Louise le regarda d'un air interrogateur. Il eut ce sourire condescendant qu'elle n'aimait pas plus aujourd'hui que la première fois. Mais elle n'était pas prête à se laisser démonter par Jude Morisset. Il reprit :

– Notre administration a mis les ténors de la Crime sur l'affaire Reix. C'est bien suffisant. Le travail de l'OCBC est moins médiatique. Des professionnels se sont emparés du Habeneck. Ils ont déjà un client ou en cherchent un. À nous de trouver des noms : ceux des vendeurs, celui de l'acheteur. De façon à pouvoir bâtir un dossier utile à un juge d'instruction. Or, jusqu'à présent, rien ne prouve que Donovan et Mankievitch sont de la partie.

– Et ce témoignage du luthier ?

– La rencontre entre Donovan et Mankievitch a intrigué un luthier. La belle affaire.

– Vous trouvez vraiment ça anodin ?

– On n'est plus au XVIIIe siècle que je sache. Il y aurait les aristocrates du violon d'un côté et les manants de l'autre ? Les antiquaires et les brocanteurs. Et leur rencontre ne pourrait cacher que de vilaines affaires. Allons donc.

Morisset se tut et fixa un instant Louise qui ne manifestait aucune émotion. Il reprit :

– Et justement, à part les états d'âme de Donovan, vous avez remarqué quelque chose de concret ?

– Senti quelque chose.

– Intuition féminine ?

C'est curieux, pensa Louise. Ce type n'est pas con et pourtant il a parfois des répliques de con. Peut-être ne supporte-t-il pas d'avoir une tronche de grande asperge qui contraste avec la tête d'Indien de Scherrer ? C'est curieux aussi que Scherrer et Donovan aient tous deux une tête d'Indien. Et un tempérament d'Indien. Un blond, un brun.

– Alors ? renchérit Morisset.

Scherrer, qui avait l'air gêné du ton de son patron, alluma une cigarette pour se donner une contenance. Louise remarqua ses mains pour la première fois. Belles. Calmes.

– Donovan est touché par la mort de cette femme mais il est aussi travaillé par autre chose. En même temps, il se retient. Il se comporte comme un type qui vit dans une maison de verre. Et c'est ce qui cloche.

– Une maison de verre, répéta Morisset en haussant les sourcils.

– Et justement il y a trop à voir dans cette maison-là, dit Louise.

Morisset soupira et alla jeter un œil par la fenêtre. Louise et Scherrer échangèrent un sourire.

– Jolie, l'idée de la maison de verre, dit Scherrer à voix basse.

– Trop à voir, c'est vite dit, ajouta Jude Morisset. Pour l'instant, il ne se passe pas grand-chose. Et je me demande si votre inactivité ne vous joue pas un mauvais tour.

Louise aurait parié qu'il pensait : « En tout cas, vous avez trouvé la combine pour palper sans travailler. »

– Jude, tu y vas un peu fort ! dit Scherrer.

– On n'est pas dans un roman où il doit se passer trois trucs à la seconde, dit Louise en riant intérieurement. Ce n'est pas parce que je bouge à peine d'ici que je ne fais rien. Si vous voulez de l'action, téléphonez au commissaire Clémenti. C'est lui qui suit l'affaire.

– Là non plus vous ne m'apprenez rien, répondit Morisset.

– Après tout, je ne dis pas autre chose que vous : patience.

– Bon. Eh bien on va y aller. Prévenez-nous quand Donovan se fera une camomille.

Il partit vers la porte, les mains dans les poches. Les manches de sa veste étaient un peu courtes. Scherrer restait sur place, l'air de dire que tout ça n'était pas grave. Il expliqua qu'il n'avait plus envie de sa cigarette et cherchait un cendrier.

– Donnez-moi ça, dit-elle en lui prenant la blonde des mains. Je vais m'en occuper.

Leurs doigts s'étaient frôlés. Leurs yeux aussi.

– Ça avance, votre roman ?

Il hésita et dit :

– Un peu plus que ma vie, finalement.

– Votre vie professionnelle ?

– Pas vraiment.

– Bon, tu viens, Emmanuel ?

– Bonne journée, capitaine Scherrer.

– Vous de même.

C'est bête de ne pas avoir pris de veste, pensa Scherrer en bouclant sa ceinture de sécurité. Sinon je l'aurais oubliée dans la planque et serais revenu ce soir la rechercher. Et il imagina la scène. Ça se terminait sur le matelas aux draps froissés. Ce qui était un peu banal. Ce regard qu'elle avait eu, nom de Dieu. Ce regard permettait de tout imaginer. Jude Morisset hésitait à mettre le contact. Il regardait les badauds de la rue Saint-Dominique. Il dit de sa voix étale qui faisait souvent penser à une mer domestiquée :

– Qu'est-ce qu'elle croit ! Bien sûr que Donovan sait. La planque est éventée.

– Ça en a tout l'air.

– Je parie que la femme de ménage leur a tout raconté.

– Sentiment de culpabilité ? Elle travaille pour eux depuis longtemps.

– C'est plus subtil, Emmanuel. Je te fiche mon billet qu'ils sont copains. Ça se fait dans la gauche caviar et politiquement correcte : se prétendre copain avec sa technicienne de surface. De son côté, elle doit s'être prise d'affection pour le vieil excentrique. Il est chiant mais il a du charme. Et Donovan est un canon qui fait craquer toutes les bonnes femmes.

– Tu trouves ?

– Oui, je trouve.

– On a fait une erreur de psychologie, Jude.

– Contrairement à Morvan qui a bien pigé celle des dirigeants de MDM et trouvé la planque idéale.

– Je crois qu'elle est sincère. Elle mène une enquête immobile. Jusqu'à ce que Donovan commette une erreur. Ça risque d'arriver s'il joue un rôle. C'est une idée intéressante, je trouve.

– Eh bien reprends-la dans ton roman en gestation, Emmanuel. Il n'y a guère que là que ça puisse marcher !

Sur ce, Jude Morisset mit le contact et embraya. Il fit encore quelques remarques aigrelettes sur Louise et sur fond de Dutronc parce que la cassette audio reprenait où on l'avait laissée.

Cherche fossoyeuse d'illusion /
Trafiquante d'irraison...

Louise finissait la cigarette de Scherrer en souriant toute seule. Quelquefois sa vie d'amoureuse fidèle lui pesait. Elle aurait voulu pouvoir vivre dans plusieurs dimensions en simultané et, une fois celles-ci explorées, réintégrer sa vie d'amante de Clémenti. Escapades rapides : bivouac avec l'Indien brun, feu de camp avec l'Indien blond. Comme dans un jeu sur CD-Rom. Le virtuel sans risque et le retour à la normale avec ses merveilles et ses pesanteurs.

Ses merveilles, souvent. Morisset n'avait décidément pas réussi à la mettre de mauvaise humeur. Elle repensa à l'amour, ce matin. À cette faim qu'il avait d'elle. Lui si retenu dans la vie. Si brutal en elle et si tendre à la fois et comme elle aimait ça. Il était tracassé par l'idée de vieillir en ce moment. Elle, leur différence d'âge ne la gênait pas et ne serait jamais un problème. En revanche, elle se sentait troublée. Elle voulait savoir. Si Donovan avait quelque chose à voir avec la mort du violoniste et de la performeuse. S'il était impliqué avec ou sans Martin Reix dans le vol du stradivarius. Si elle pourrait s'approcher de lui sans avoir envie de le toucher.

Ophélie Reix avait mis tout ça à la poubelle et ne s'intéressait qu'à son travail. Curieux pour une femme proche d'un mouvement où l'art se réconciliait avec la vie. Louise alla se faire du café, se brancha sur le Net et reprit l'interview de l'artiste nichée dans les archives de Canal Web.

Il revint vers trois heures. Il n'avait plus qu'un violon. Était-ce le français ou l'italien que l'Allemand avait choisi ? Le téléphone sonna. Donovan posa l'instrument sur le voltaire. Louise l'écouta converser avec Cécile. L'élève du conservatoire. La tristesse post-coïtum. Sans l'avouer, l'étudiante voulait qu'il lui consacre une soirée. Donovan puisa dans sa réserve de mille et une histoires. Sur fond d'âge d'or de la lutherie, des grands Italiens de Crémone à l'atelier parisien de Jean-Baptiste Vuillaume. Cette fois, un fond de mélancolie flottait dans sa voix mais la passion était là. « C'est le casse-tête depuis. Luthiers, scientifiques, personne n'a jamais compris comment ça marche. On reproduit la forme mais on ne restitue pas la qualité acoustique. C'est peut-être le bois. On disait de Stradivari qu'il récupérait les planches d'anciennes galères. » Et Donovan d'expliquer qu'on venait de retrouver d'antiques billes de bois immergées dans le lac Michigan, très bien conservées. Cette découverte ouvrait des perspectives à ceux qui rêvaient de recréer le violon parfait. Mais de toute manière, il faudrait des années avant de savoir si on avait trouvé la solution. « Cinquante ans au minimum, le temps de changer plusieurs fois d'âme, de chevalet, de cordier. Le temps de jouer, de jouer, de jouer. Tu le sais sans doute : un violon se bonifie avec les années. Mais si on l'enferme dans un coffre, même le plus grand des strad meurt à petit feu. »

Si Donovan connaissait l'existence de la planque, sa conversation avec Cécile était pure provocation. Malgré tout, ça n'expliquait pas son énergie communicative. Elle laissait penser qu'il n'était pas un marchand comme les autres et ne pouvait pas participer à la mort lente du Habeneck. Un homme comme lui avait la sensibilité d'un musicien. Mais était partagé entre deux mondes. Celui des collectionneurs égoïstes peu intéressés par la musique et celui des virtuoses tel Fabien Meyer.

Il enchaîna sur David Oïstrakh, de son point de vue le plus grand violoniste de son temps. « Toute sa vie, il est resté fidèle au stradivarius. Il en a possédé deux : le Fontana et le Marsick. Oïstrakh était si fort que même lorsqu'il jouait sur les violons de ses élèves, il réussissait à en tirer un son de strad. » Donovan raccrocha sans que Cécile ait obtenu une invitation à dîner, se frotta le visage des deux mains, puis fouilla dans sa réserve de CD. Hier, il avait écouté Ravel couché sur le tapis dans une immobilité presque parfaite. Aujourd'hui, il changeait de registre. Il dit à haute voix : « David Fedorovich Oïstrakh. Bach. *Concerto n° 1.* »

C'était la première fois qu'elle l'entendait parler seul. Une nouvelle forme de provocation, Christian ? Tu veux faire mon éducation musicale ? Ou bien la mort de ton ex te met la tête à l'envers. Il resta planté au milieu de son salon, un temps, les bras croisés comme s'il avait froid. Ce geste familier. Quand le violon entra dans le jeu, il alla vers la baie centrale. De ce cinquième étage ensoleillé, il voyait peut-être jusqu'à la tour Eiffel mais Louise aurait préféré qu'il fixe les bureaux d'en face. Ce désastre architectural des années soixante-dix. Elle essaya de lui parler mentalement. Christian ! Tu m'entends. À quoi penses-tu ? C'est l'Auguste-Sébastien Bernardel ou le Nicolo Gagliano ? Qu'a joué l'Allemand salle Cortot pour ses amis ? Du Ravel, le musicien qu'aiment les musiciens ? Sûrement pas, il a si peu composé pour le violon. Peut-être un morceau de Paganini, le diabolique. Elle fit démarrer le caméscope. Il n'y avait rien à filmer mais elle avait l'intention de garder ça en souvenir. Pour les longues soirées d'hiver, d'automne, de printemps et on recommence.

Elle finit par admettre qu'au point où elle en était arrivée, à force de rester coincée là, elle n'avait plus qu'une envie. Ouvrir cette porte, prendre cet ascenseur, traverser la rue Saint-Dominique et la même chose en sens inverse : doigts qui glissent sur le digicode, ascenseur qui monte, porte qui s'ouvre. Et elle imagina la suite. Peu de paroles. Une étreinte instinctive. Et Bach continuerait de déployer son enivrante architecture. Mais Christian Donovan était la seule personne au monde avec qui elle ne pouvait pas faire ça. À cause de Clémenti, de MDM et du Habeneck. Dans l'ordre.

La sonnerie de l'appartement. Donovan alla regarder l'écran de sa caméra de surveillance installée dans l'entrée. Il hésita, revint sur ses pas, prit la télécommande de la chaîne hi-fi et monta le son. Si fort que Louise écarta ses écouteurs. Donovan débloqua sa porte et fit entrer un homme d'une soixantaine d'années.

Costume sombre, chemise blanche, tête de mauvais jour. Immobile et silencieux, les mains dans les poches de sa veste ouverte. Louise le reconnut. C'était l'homme dont son client possédait une photo récupérée dans les dossiers de l'OCBC. Lucien Mankievitch. Le brocanteur venait saluer l'antiquaire. Et cette fois, n'en déplaise au commandant Jude Morisset, ça ne pouvait pas être le fait du hasard.

Elle voyait Donovan de dos, la musique couvrait sa voix. Mankievitch joignit ses mains comme en prière à hauteur de sa poitrine et prononça quelques mots. Donovan voulut répondre mais l'autre le bouscula et pénétra dans le salon. Continuant de filmer, Louise ramassa son portable posé sur la moquette ; le numéro de celui de Scherrer était enregistré dans son agenda électronique. La messagerie du capitaine se déclencha, elle demanda qu'il la rappelle. Elle téléphona ensuite à l'OCBC mais le planton lui dit que Scherrer était sorti.

À l'évidence, Donovan s'évertuait à rester de dos. Bien que furieux, Mankievitch jetait des regards de compréhension vers la fenêtre. Ils finirent par se taire.

Mankievitch tourna la tête vers le voltaire. Et vit le violon. C'était la première fois que Donovan oubliait de ranger un instrument dans sa chambre forte. Très vif, Mankievitch s'en empara, posa ses pouces de chaque côté de la barre d'harmonie et dévisagea Donovan qui tentait un signe d'apaisement. Sans quitter Donovan des yeux, Mankievitch appuya des deux mains et brisa le violon. Il le laissa tomber et quitta l'appartement sans un mot.

Louise fut d'abord soulagée : elle avait eu peur pour Donovan. Puis elle éprouva une grande satisfaction. Un lien existait bel et bien entre les deux hommes : elle ne s'était pas trompée. Pendant que Donovan, agenouillé, regardait son violon brisé, Louise téléphona au directeur de la communication du groupe MDM pour lui raconter ce qui venait de se dérouler.

Le capitaine Scherrer regardait le film pour la deuxième fois sur le petit écran de cinq centimètres sur huit. Il appuya sur *off*, rendit le caméscope à Louise et dit :

– C'est bien Mankievitch et il vient de détruire un violon qui vaut dans les cinq cent mille francs.

– Ça m'étonnerait que Donovan porte plainte.

– Le problème, c'est qu'on n'entend rien de la conversation.

– J'ai eu une idée en vous attendant, dit Louise.

– Ah oui ?

– J'ai téléphoné à mon copain de *Libération* pour qu'il me mette en rapport avec le journaliste qui traduit le journal télévisé pour les sourds.

– Et ça a marché ? demanda Scherrer, l'air admiratif.

– J'ai rendez-vous avec lui dans une heure.

– Je viens avec vous, dit-il en osant poser une main sur son épaule.

– Vous vous êtes débarrassé de Morisset ?

– Débarrassé ! Comme vous y allez. Quand j'ai quitté mon patron, il était au téléphone avec le commissaire Clémenti. Vous voyez, il n'est pas aussi obtus qu'il en a l'air. Avec le temps, on s'aperçoit qu'il est plutôt sympa.

Elle se contenta d'une moue dubitative. Scherrer lui demanda où était parti Donovan.

– Déposer le cadavre du violon chez un luthier, mais d'après leur conversation téléphonique, l'espoir de résurrection est faible. Dans la foulée, il se rendait à la cérémonie d'incinération d'Ophélie Reix.

– C'est bizarre. Quand Morisset a appelé Clémenti,

il était justement en route pour le Père-Lachaise avec ses hommes.

– Ça ne m'étonne pas de Clémenti. Il aime s'imprégner.

– Vous semblez bien le connaître.

Louise hésita, finit par dire :

– Je couche avec Clémenti.

Elle rectifia parce que la formule était sèche à faire peur et d'ailleurs Scherrer la regardait avec un petit sourire nerveux qui faisait presque mal. Ça le rendait attachant.

– On est ensemble depuis plusieurs années. Avec des hauts et des bas. Et je me demande bien pourquoi je vous raconte tout ça, mentit Louise en se disant qu'elle aimait ces moments où la réalité se froissait légèrement.

– Votre vie est un roman, dit Scherrer sur un ton de dépit.

– Vous m'accompagnez à TF1 ? Je laisse la moto. On prend votre voiture.

Regret. Il aurait aimé partir à moto avec elle. C'était leur troisième rencontre et elle portait à chaque fois une robe. Faire de la moto en robe. Superbe idée. Il accepta et dit :

– Je peux vous demander quelque chose, Louise ?

– Oui, quoi ?

– Vous voulez bien qu'on se tutoie ? À l'OCBC on se tutoie tous, alors, comme on est un peu collègues vous et moi…

Dans la voiture banalisée de Scherrer, ils parlèrent un moment puis Louise alluma tout à la fois une cigarette et la radio. On en était resté à Dutronc, elle monta le son. Très vite, elle chanta sur le refrain et Scherrer fut ému de sa voix, de cette robe remontée sur ses jambes dorées et même de l'odeur de sa cigarette qui ne ressemblait à rien de ce qu'il avait connu jusque-là. Il profita de cette interruption dans leur conversation pour réinventer la scène de la planque :

« – Ta vie est un roman, dit le flic sur un ton de dépit.

Il avait eu une voix si triste que la jeune femme le trouva irrésistible. Du moins, c'est comme ça qu'il analysa les choses par la suite. Elle s'approcha. Surpris, il entrouvrit la bouche. Pour le faire taire, elle posa sa main sur ses lèvres. Il attrapa vite cette main. Il prit cette bouche et elle répondit à son baiser. Alors qu'ils se déshabillaient mutuellement, leurs vêtements tombant pile sur le matelas, il l'aida à bifurquer vers la kitchenette et à s'asseoir sur les plaques électriques. Spontanément, elle s'accrocha aux étagères. Il fit tant et si bien que le sucre, les céréales et le café dégringolèrent pour souiller le carrelage. »

– À quoi penses-tu ? Eh ! Emmanuel !
– Pardon ?
– À quoi penses-tu ?
– À rien, j'écoute Dutronc.

Chapitre 14

Trois musiciens un rien guindés dans leurs habits noirs interprétaient Ravel. Et Anita Scoli manquait toujours à l'appel. Mais Patte, Luce et Tommy étaient bien là. On ne pouvait pas les manquer : vêtus de kimonos japonais immaculés utilisés dans les enterrements shintō, ils se tenaient près de Norio Murakami portant, quant à lui, un sobre costume gris. Ils serraient chacun contre leur ventre un cadre noir avec la photo d'Ophélie souriante. Martin Reix et Christian Donovan étaient assis côte à côte, un peu à l'écart. Tout à l'heure, Donovan s'était approché pour poser des questions à propos de la garde à vue de Gropiron ; c'est Patte qui l'avait prévenu en lui téléphonant pour l'incinération.

« Ophélie connaissait cet homme, commissaire ?

– Gropiron travaillait à la clinique où elle s'est fait poser ses implants.

– Laquelle ?

– Esthetica dans le 8e. Vous n'étiez pas au courant ?

– Le seul au courant de tout, c'est Gregory Patte. Vous allez inculper ce Gropiron ?

– Non.

– Patte dit qu'il a un casier.

– Inexact. Il est seulement fiché.

– Vous le relâchez ?

– Nous n'avons rien contre lui.
– Hormis une lettre de menace écrite avec son sang.
– Effet théâtral réussi mais ça n'en fait pas un tueur.
– Il se défonce aux amphétamines.
– Ça n'en fait toujours pas un tueur. »

Donovan s'était tu un instant, très maître de lui, et avait ajouté :

« Téléphonez-moi quand vous aurez du nouveau.
– Téléphonez-moi quand vous aurez des nouvelles d'Anita Scoli.
– Pourquoi en aurais-je ?
– Vous avez été proches.
– Qu'est-ce que ça change ?
– Elle n'est pas venue à l'incinération de son amie.
– Anita est imprévisible. Je ne m'attendais pas à ce qu'elle vienne.
– Vous aviez évoqué son enfance sinistre.
– Eh bien ?
– Je suis allé me rendre compte sur place.
– Alors ?
– De nos jours, les psychologues parlent de famille dysfonctionnelle. C'est bien ça. (Ne voyant venir aucune réaction, il avait ajouté :) Son frère a été arrêté à Toulouse pour port d'arme prohibé. Un fusil à pompe. D'après le labo, ce n'est pas celui du meurtre d'Ophélie. Apparemment, le fils Scoli ne s'en sert que pour massacrer les lapins ou faire voler des boîtes de conserve entre deux cuites.
– Qu'est-ce que vous en concluez, commissaire ?
– Et vous ?
– Qu'Anita a vu ses proches utiliser des armes. Elle a pu apprendre à s'en servir elle aussi.
– Elle vous a parlé de ça ?
– Non.

– Elle en a peut-être parlé à Ophélie.

– C'est une question à poser à Patte. Même si j'étais resté lié à Ophélie, je n'étais plus vraiment dans le circuit.

– J'ai déjà questionné Patte. Ça ne lui dit rien. »

La conversation avait été interrompue parce que Martin Reix montrait des signes d'impatience. L'incinération allait commencer. Clémenti s'était souvenu de ce que Louise lui avait dit à propos du *fascinant* Christian Donovan : « Son truc, c'est de séduire en racontant des histoires. » La réciproque n'était pas vraie : les histoires de ses conquêtes ne l'intéressaient pas. Celles d'Anita Scoli encore moins.

Clémenti se dit aussi qu'il avait eu raison de demander au substitut du procureur de ne pas inculper Gérard Gropiron. Le magistrat avait convenu que ce n'était pas la bonne méthode. Quand Clémenti l'avait questionné à propos de l'implant, Gropiron avait déclaré : « On n'a pas idée de se traficoter alors qu'à la clinique des tas de gens rêvent d'être jeunes et beaux. Elle me débecquetait, cette folle. J'ai écrit la lettre pour lui flanquer la trouille. Mais je l'ai pas tuée ! » Malgré ces déclarations, Clémenti ne voyait pas Gropiron s'offusquer du travail d'Ophélie. Clémenti ne voyait pas Gropiron s'étonner. Ce qui l'intéressait vraiment, c'était la dope et le moyen de s'en procurer. Pour le reste, il racontait les histoires qui l'arrangeaient. On retournerait voir le garçon de salle en petit comité, le moment venu.

Le cercueil roula dans l'incinérateur sur fond de Ravel.

Quand s'ouvrirent les portes du crématorium du Père-Lachaise, la trentaine de journalistes, cameramen et photographes s'anima comme un seul homme. Donovan aida Reix à se frayer un chemin et à se glisser dans la Porsche. La meute se rabattit sur Gregory Patte et sa tribu flanqués du représentant du musée japonais.

Question d'une journaliste : « Quelle est la valeur d'une performance d'artiste aujourd'hui alors que des milliers d'individus mettent leur intimité en scène sur Internet et laissent la caméra exposer leur vie de couple, leurs bonheurs et leurs déprimes ? » « Mais justement, un artiste parle au-delà de la vie », répliqua Patte. « Il y a même des écrivains qui s'exhibent en train de créer dans une vitrine », continua la journaliste. « Les passants peuvent voir le texte s'écrire sur grand écran. Qu'en pensez-vous ? » « Du bien, dit Patte, parce que dans le fond, a-t-on le droit de s'appartenir quand on est créateur ? »

Quand Patte déclara que certains tatouages finiraient par être « cotés comme n'importe quelle œuvre, achetables du vivant de la personne tatouée et récupérés après sa mort », Clémenti rejoignit ses hommes qui attendaient à côté de la voiture banalisée.

– On rentre, dit-il en tendant les clés à Argenson. Assez d'imprégnation pour aujourd'hui.

***

Louise et Scherrer étaient installés dans un studio de TF1 devant un grand écran et regardaient une nouvelle fois Lucien Mankievitch briser au ralenti le violon de ses mains nues. Scherrer venait d'expliquer que la barre d'harmonie était l'endroit le plus fragile et que Mankievitch connaissait son affaire. Il n'en était peut-être pas à son premier saccage ; ce qui en faisait un type complètement déséquilibré. Dans le milieu, les gens disaient de lui qu'il était caractériel ; ça se confirmait. Le spécialiste du journal des sourds était assis à côté d'un technicien devant une console et prenait des notes. Il leur proposa d'aller boire un café à la machine du couloir pendant qu'il faisait taper le texte. Il revint avec un feuillet qu'il leur tendit.

– Il n'était guère bavard, ce type, dit-il. Malheureusement pour le violon, plutôt le genre à causer avec les mains. Quant au blond, impossible de lire quoi que ce soit, il était toujours de dos. J'ai signé le document au cas où vous auriez l'intention d'en faire profiter un juge d'instruction.

Louise et Scherrer le remercièrent et se rapprochèrent l'un de l'autre pour lire :

« Tu sais pourquoi je suis là, Donovan ? / Laisse-moi entrer, Donovan, tu veux ? / Non, c'est pas ça que je veux entendre, mon petit pote. Et les autres encore moins. »

– Tu avais vu juste depuis le début, Louise. Donovan ne se contente pas de faire l'antiquaire.

Elle lui offrit un regard qu'il ne connaissait pas encore. Celui chargé de la peur qu'elle éprouvait pour le marchand de violons. Ça le contraria.

– Tu m'accompagnes rue de Penthièvre. On va expliquer tout ça à Jude.

– « Les autres encore moins », répéta Louise les sourcils froncés.

– « Tu sais pourquoi je suis là, Donovan ? » dit Scherrer en prenant une voix grave. Pas encore mais ça viendra.

– Les autres ! C'est qui les autres ?

– On se bouge, Louise ! dit Scherrer en lui donnant une tape sur la cuisse. Tu es sortie de ton aquarium maintenant.

*
* *

Marcellin N'Diop expliqua que le labo avait identifié le numéro de série de la douille. Le lieutenant allait se charger de remonter la filière : l'usine de fabrication, le numéro de lot, le distributeur, le revendeur. Il précisa que le sondage de la Seine n'avait rien donné.

On reparla des finances d'Ophélie Reix sur la pente ascendante. En six mois, trois vidéos vendues à des musées européens. Et la maison de verre déjà financée par un mécène japonais avait été rachetée par une fondation privée installée à Kyoto. Clémenti demandait à Argenson de s'intéresser avec ses collègues du fisc à la situation financière de Martin Reix et de Christian Donovan lorsque son téléphone sonna.

– Commissaire Clémenti, s'il vous plaît.

– Lui-même.

– Ici le ciat du 8e. Lieutenant Félix Mandelot. On vient de récupérer un homicide mais je crois que ça concerne la Crime. Vous êtes bien sur l'affaire de la performeuse abattue sous le pont de Grenelle ?

– Qu'est-ce qui se passe ? demanda Clémenti en activant le haut-parleur du téléphone.

– Le luthier Xavier Bellache s'est fait descendre à coups de fusil à pompe dans son atelier, 45, rue de Rome. Et quand je dis descendre, je me restreins. Il a été torturé. Vu qu'en plus il était en fauteuil roulant ! On a récupéré la vidéo de surveillance de l'immeuble. Il y a quelqu'un sur la bande qui vous intéresse.

– Qui ça ?

– Ophélie Reix, en personne.

Clémenti prit une grande inspiration et demanda :

– Bellache est mort quand ?

– À vue de nez, cinq ou six jours. Sa femme de ménage ne l'a trouvé que ce matin. La porte de sa chambre forte est ouverte avec la clé dans la serrure. À l'intérieur, il y a de beaux instruments. Et cinq autres moins chouettes mais je n'y connais rien.

– Nous arrivons, répondit Clémenti.

Il raccrocha en regardant Argenson et N'Diop.

– Quelqu'un veut nous faire croire qu'il y a une performance d'Ophélie Reix que nous n'avons pas vue, dit-il en se levant.

– T'as peut-être raison finalement, dit N'Diop à Argenson. Tous des *aliens*.

Chapitre 15

Le visage de Xavier Bellache n'existait plus. On avait pressé le double canon du fusil entre ses yeux avant d'appuyer sur la détente. Bello tentait d'extraire la douille du mur. Torse nu, le luthier avait les mains ligotées derrière le dos. La corde était attachée aux rouages de son fauteuil roulant. Sur le sol, sa veste de travail blanche qui ressemblait à celle d'un dentiste, maculée de sang séché. Ses outils étaient entassés pêle-mêle dans un coin de l'établi comme si le meurtrier avait fait table rase avec la crosse du fusil. On s'était servi d'un poinçon effilé pour lui taillader les bras et la poitrine ; Solis effectuait une prise de traces papillaires sur l'outil ensanglanté. Clémenti essayait d'imaginer Ophélie Reix torturant Xavier Bellache avant de lui faire exploser la tête. Difficile.

– Il était très connu dans le quartier, expliqua le lieutenant Félix Mandelot. On dit qu'il ne travaillait que sur les plus beaux instruments. La chambre forte a des portes de trente centimètres d'épaisseur.

– Allons voir, dit Clémenti.

Le capitaine Sanchez dressait déjà son inventaire des lieux sur son calepin. Quatre violons et deux violoncelles. De beaux instruments pendus comme des jambons à des crochets. Dans le fond, une table avec cinq violons au bois sombre posés négligemment. La description faite au téléphone par Mandelot.

– Il y en a pour du fric ! dit le procédurier. Étonnant que ce soit encore là.

– Sur la vidéo, on voit la femme Reix entrer avec un étui à violon et sortir avec deux, intervint Mandelot. Vous y comprenez quelque chose ?

– Pour l'instant, on s'imprègne, dit Sanchez en notant : « Cinq violons de moindre qualité sur une table basse. » À moins qu'on ne s'englue. Qu'est-ce que tu en penses, Serge ?

– Quelquefois, pour bien s'imprégner, il faut s'engluer. C'est comme pour obtenir ce beau vernis, il faut de nombreuses couches.

– Ce que c'est de travailler avec un esthète ! dit Sanchez avec un petit sifflement. On ne s'ennuie jamais.

Le commissaire s'approcha d'un violon au bois pourpre, se dit qu'il aurait aimé le toucher. Il pensa aussitôt à la photo de Man Ray prise dans les années trente et représentant une femme nue avec des ouïes dans le creux des reins. Il revit le dos de nacre de Louise quand elle s'était redressée en entendant la voix de Donovan dans le haut-parleur. Mais le dos doux de Louise n'avait rien à voir avec le corps torturé dans l'atelier, le sang séché et l'odeur de fin du monde qui avait réussi à se frayer un chemin jusqu'au fond de la chambre forte.

Argenson avait dit que « ça puait dru » avant d'aller vomir. Il était coriace pour tout sauf pour les odeurs. Clémenti avait besoin de respirer un peu lui aussi et remplissait ses poumons de fumée de tabac blond devant le 45 de la rue de Rome. Pas pour les mêmes raisons. Il souhaitait réfléchir au calme.

Qu'est-ce qu'Ophélie Reix était venue faire chez Bellache ? En toute apparence, l'abattre. D'autant qu'elle était sa seule visiteuse de la journée. Mais dans quel but ? Le lieutenant Mandelot revenait de chez Secury, la société chargée de la télésurveillance de l'immeuble et avait pris des notes en visionnant la vidéo. Pendant ce long week-end férié, du mercredi soir 31 mai au lundi matin 5 juin, les employés des entreprises installées au 45, rue de Rome avaient tous fait le pont. La caméra qui se déclenchait au passage d'un corps dans le champ du détecteur à infrarouges avait enregistré maintes allées et venues. Le défilé commençait avec l'arrivée matinale de l'homme de la société de nettoyage venu sortir les poubelles. Employés et clients se succédaient puis plus rien à partir de dix-sept heures quarante-cinq. Ophélie Reix était la dernière personne filmée ce mercredi soir. Elle arrivait à dix-huit heures cinquante-cinq et repartait à vingt heures quatorze. Marc Sanchez avait confirmé l'évaluation du lieutenant Mandelot : la mort de Xavier Bellache remontait à mercredi soir ; elle correspondait donc à la « Visitation de l'Ange ». Coïncidence ou soin maniaque ?

À vingt et une heures trente comme prévu, l'artiste retrouvait sa tribu à Ivry-sur-Seine, entre les ponts Nelson Mandela. Aux alentours de vingt-trois heures, elle démarrait sa performance. À deux heures sept, le matin du jeudi de l'Ascension, elle était abattue près du pont de Grenelle et sous les yeux de ses amis. La première cartouche lui emportait une partie du cerveau. Les deux suivantes l'atteignaient au dos, abîmant l'œuvre d'un maître japonais. Œuvre acquise dans la souffrance du bonji. Œuvre représentant une sirène tendant les bras à un ange. Une scène qui aurait pu s'appeler « Ascension et chute de l'Ange sous l'œil de la Sirène », au dire de la jolie Denise de chez TatouRage. Une scène qui appartenait désormais au musée d'Anatomie de l'université de médecine de Tokyo.

Ophélie abandonnait une tribu dont le leader, bien qu'attristé, tirait partie de sa disparition prématurée en organisant des funérailles médiatiques où il dissertait sur le rôle de l'artiste et la cote des tatouages. Ophélie quittait une bonne fois pour toutes un père avec lequel elle avait entretenu des relations basées sur l'amertume. Et un ex-mari qui l'aimait comme un frère et qu'on soupçonnait d'être impliqué dans le vol d'un stradivarius. Ophélie laissait derrière elle une amie que tout le monde qualifiait de parasite et qui ne s'était même pas donné la peine de lui rendre un dernier hommage. Ophélie créait post mortem quelques ennuis à un toxicomane qui jouait les corbeaux pour quelque obscure raison. On aurait pu trouver le fil dans ces données disparates. Mais c'était avant qu'Ophélie ne se révèle en tueuse. Et n'abatte un artisan renommé que devaient sûrement connaître, voire fréquenter, Reix et Donovan.

Clémenti tira une dernière bouffée et envoya son mégot dans le caniveau. Il sentit un regard sur lui et se retourna. C'était celui d'un vieux luthier en tablier bleu, assis derrière sa vitrine. *Simon Lutherie*, affichait l'enseigne du petit magasin de l'autre côté de la rue. L'artisan ne baissait pas les yeux. Au contraire, son regard était insistant. Clémenti traversa la chaussée.

Le vieil homme travaillait sur un alto. Il le reposa délicatement sur son établi et se leva à la rencontre du commissaire qui venait de passer le seuil.

– Je vous regardais avec insistance parce que apparemment il est arrivé quelque chose du côté de chez Bellache.

– Commissaire Serge Clémenti de la Brigade criminelle. Xavier Bellache a été assassiné.

L'homme fixa Clémenti, l'air ébahi. Le commissaire demanda :

– Vous le connaissiez ?

– De réputation. Bellache répare de grands violons. Ou plutôt réparait. Et il faisait aussi un peu de commerce. Sa chambre forte est un sanctuaire dans lequel je n'ai jamais pénétré. Il paraît qu'elle contient de très belles pièces. C'est pour cette raison que j'ai alerté vos collègues de l'OCBC quand on a parlé du vol du Habeneck, un stradivarius qui vaut des millions.

– Quel rapport avec Xavier Bellache ?

– J'ai expliqué au commandant Morisset que j'avais vu Lucien Mankievitch en conversation avec Christian Donovan devant chez Bellache. Mankievitch est un trafiquant que tout le monde connaît dans le quartier. Certains traitent avec lui, d'autres pas. Il arrive avec des archets et des violons pêle-mêle dans sa voiture, du liquide plein les poches. Il y en a qui aiment ce style. Moi pas.

– Vous connaissez Donovan ?

– Tout le monde connaît la maison Reix et Donovan. Ce sont des experts en instruments anciens. Des marchands de grande classe.

– Je ne vois toujours pas le rapport avec Bellache.

– Moi non plus.

– Comment ça ?

– C'est bien pour ça que je me suis rendu à l'OCBC. Je ne voyais pas le rapport entre Mankievitch d'un côté et Donovan / Bellache de l'autre. Ce n'est pas le même monde.

– Vous voulez dire que vous avez vu Donovan et Bellache en contact avec Mankievitch ?

– Non. Je ne les ai pas vus. Et c'est tout le problème. J'ai vu Mankievitch parler brièvement à Donovan. Et j'ai eu la sensation qu'ils sortaient de chez Bellache. Mais le commandant Morisset a trouvé que c'était un peu juste. On ne travaille pas sur une sensation d'après lui. Sur le moment, j'ai compris son point de vue mais vous venez de me dire que Bellache…

Clémenti avait eu une idée qu'il ne regrettait pas. Il avait demandé au luthier de l'accompagner dans l'atelier pour avoir son avis à propos d'un détail préoccupant, en le prévenant toutefois que l'odeur et le spectacle étaient difficilement supportables. « J'ai fait la guerre, vous savez », avait répliqué le vieil homme sans préciser laquelle et en abaissant le rideau de fer de sa boutique. Il avait des étincelles dans les yeux à l'idée de pénétrer dans le « sanctuaire ». Philippe Argenson, qui venait de se retaper avec le whisky du mort, l'avait toisé sans aménité. Quelquefois les méthodes du commissaire laissaient perplexe le lieutenant.

– Un Vuillaume ! dit le vieil homme en s'approchant d'un violon à la robe claire. Un des plus grands luthiers français. Très décrié parce qu'il copiait des stradivarius à la perfection. Pendant longtemps, on a cru que son Crémone était d'Antonio Stradivari. Et celui-là, c'est un Montagnana. On reconnaît tout de suite les épaules et les coins. Et le chatoiement de ce vernis ! Magnifique ! Ce violoncelle, c'est aussi un grand italien. Un très grand même. Un Amati, à coup sûr. Nicolo Amati a été le professeur de Stradivari.

Un coup d'œil avait suffi. Le capitaine Sanchez considéra le luthier d'un air admiratif et se mit vite à prendre des notes.

– Quelle est leur valeur ? demanda Clémenti.

– Je dirais six cent mille francs pour le Vuillaume. Entre trois et quatre millions pour le Montagnana. Mais les prix sont infiniment variables. C'est l'offre et la demande. Si vous avez les moyens de mettre quatre millions dans un Montagnana et que vous le voulez absolument, eh bien le Montagnana vaut quatre millions. C'est curieux que ces merveilles n'aient pas été pillées par le tueur.

– C'est entre autres ce qui nous chiffonne, dit Sanchez.

– Et qu'est-ce que vous pensez de ceux-là ? demanda Clémenti en désignant les cinq violons posés sur la table.

– Ça, c'est du violon de Mirecourt. Le berceau de la lutherie française. Ces violons sont fabriqués de manière académique par des élèves et c'est ce qu'on trouve de moins cher sur le marché. Mis à part ceux de Hong Kong ou de Taiwan, bien sûr. Je ne m'attendais pas à ce que Bellache ait du bas de gamme dans sa chambre forte.

– Comment vous écrivez Mirecourt ? demanda Sanchez.

Chapitre 16

– Tu es dans l'annuaire, c'est curieux pour un commissaire. Je t'aurais bien vu sur liste rouge.

– Tu sais jouer du saxophone ?

– Non, pourquoi ?

– Parce que moi je t'aurais bien vue me jouer nue du saxophone.

– Il te faut ce genre de choses pour te mettre en train ?

– Je plaisantais.

– Tu as l'air nerveux.

– Pas vraiment.

– Je t'ai choqué en m'invitant chez toi ?

– Pas vraiment non plus.

Je crois que nous parlons trop.

– Je suis d'accord.

Denise de chez TatouRage posa son verre sur la table basse, se leva et alla vers la chambre à coucher. Clémenti la laissa faire. Pendant ce temps, il essaya de ne pas réfléchir. De réfléchir le moins possible. Fonctions minimales du cerveau pour que la machine continue de fonctionner et que le cœur ne s'arrête pas. Il se leva et pénétra à son tour dans sa chambre, s'attendant à la trouver nue sous les draps – vite fait, avec son tempérament expéditif et le peu de vêtements qu'elle portait, elle n'avait qu'un débardeur, une jupe courte, des tongs, deux bagues aux orteils –, mais elle était debout à côté de la table de chevet et avait ouvert les *Œuvres complètes* de Shakespeare à l'endroit du marque-page.

Ses vêtements se sont étalés et l'ont soutenue un moment, nouvelle sirène, pendant qu'elle chantait des bribes de vieilles chansons.

***

Mankievitch mangeait des cornichons Malossol directement au bocal pour montrer à Yaskine à quel point il était russe. Juif russe. Il était assis sur un banc de la place Vauban et regardait les Invalides. Comme ceux des coupoles du Kremlin, leurs toits d'or brillaient sous la lune. Le tombeau de Napoléon. Encore un qui avait voulu leur mettre une tripotée, aux Russes, et qui s'était planté. Trop de mépris pour les Russes. Le mépris était dangereux. De la nitroglycérine. Une goutte de trop et ça vous explosait à la gueule. Martin Reix et Christian Donovan, les grands spécialistes des instruments anciens et des collectionneurs avides de les posséder étaient des gens méprisants. Inconscients du danger qui consistait à mépriser un Russe. Cette garde à vue à l'OCBC, ça ne pouvait venir que d'eux.

Mankievitch avait emballé une demi-baguette pleine de tarama dans du film étirable. Mais à certains endroits le tarama faisait comme une couche de fond de teint à la baguette. C'était peu ragoûtant. Mankievitch essayait de s'accrocher à ces détails matériels parce que insensiblement ses pensées l'amenaient à la blonde aux yeux verts dans le manteau de fourrure. Kitakitakitakita.

La femme Nikita. Ça y est, il était en plein dedans. En plein dans cette idée affreuse qu'il avait tué une belle femme blonde en manteau de fourrure idéale une deuxième fois. La première fois, c'était il y a vingt ans et c'était sa femme et ils avaient eu un accident. Un problème de piqûre d'insuline. Elle était diabétique et elle était morte parce qu'il l'avait emmenée en vacances en oubliant la mallette dans laquelle elle mettait tout son matériel d'urgence. Et comme ils étaient partis en vacances à Moscou…

– Mais non, cette histoire est fausse, dit-il au tombeau de Napoléon. Je n'ai jamais mis les pieds à Moscou. Et je suis célibataire. Et je préfère bouffer plutôt que baiser. C'est plus satisfaisant sur la longueur.

Mankievitch mangea son sandwich et se dit que malgré son aspect, il était excellent. Après cet épisode historique, il se leva et marcha vers la rue Saint-Dominique. Son but était de crever les pneus de la Porsche de Christian Donovan dans son parking. Dans un premier temps. Avant une montée en puissance qui restait à déterminer. Donovan avait un voisin propriétaire d'une Twingo. Cet automobiliste sortait toujours vers vingt et une heures. Un obscur travailleur de la nuit. Une aubaine. Il suffisait d'entrer avant que la porte automatique du parking ne se referme. Efficace et pas compliqué. Yaskine n'aurait pas fait mieux.

***

Ils étaient deux statuettes sur un gâteau de mariage et la neige dansait autour d'eux sans qu'ils sentent la morsure du froid. Louise, les cheveux teints en blond, n'était vêtue que d'une coiffe de mariée et d'une paire de bas blancs tenus par des jarretières. En fait, elle était déguisée en Cicciolina, la star du film X italien devenue femme politique. Et Donovan était le marié. Nu, lui aussi. Il ressemblait à Jeff Koons, l'artiste qui avait réalisé des photos et des sculptures hyperréalistes de lui et de la Cicciolina en train de faire l'amour.

Louise savait qu'elle rêvait mais ne voulait pas que ça s'arrête. Elle aimait ce rêve. Les cheveux blonds de Donovan, lâches sur ses épaules musclées et un peu plus longs que dans la vraie vie, ce sourire doux qu'il n'avait que pour elle parce qu'ils étaient enfermés dans une boule bleue. Un de ces souvenirs en plastique des magasins pour touristes. Ils levèrent la tête, la neige virevoltait sous ce ciel d'un bleu si profond. Lorsqu'il cessa de neiger, ils s'aperçurent que des gens les observaient. Parmi eux, des gardiens à casquettes. Dont un homme qui ressemblait à Steve McQueen du temps de son premier feuilleton en noir et blanc. Scherrer arrivait en courant. D'aussi loin que portait son regard, Louise pouvait le voir. Donovan continuait à lui tenir la main comme si de rien n'était. Elle essayait de le prévenir d'un danger imminent mais sa voix ne portait pas, elle n'était que douceur. Louise disait : « Il arrive, regarde-le qui arrive. » Donovan prenait ça pour de la gentillesse et n'écoutait pas vraiment. Scherrer dégaina tout en continuant de courir. La musique de *Mission impossible* se déclencha. Scherrer tira. La paroi de la boule neigeuse éclata. Les fragments se déployèrent en expansion telle une animation sur ordinateur. L'un d'eux vint se planter dans le cœur de Donovan. La foule se précipita dans la boule…

Louise se réveilla. Elle avait toujours ses écouteurs et s'était endormie sur la moquette. Pour la première fois, Donovan était rentré sans qu'elle s'en aperçoive. Immobile dans le voltaire et devant la télé en sourdine, tête penchée. Elle eut peur soudain, vérifia aux jumelles que sa porte d'entrée n'avait pas été fracturée. Mais non. Malgré tout, elle continuait d'avoir peur. C'était absurde, Donovan agressé, elle aurait été réveillée par le bruit. Elle eut l'idée de téléphoner pour le sortir de sa catalepsie, le faire revenir du royaume des morts. Décida de parler anglais parce que si elle devait le rencontrer un jour, elle s'adresserait alors à lui en français et il n'aurait aucun moyen de lier les voix. Élevée par une mère anglaise, Louise s'exprimait sans accent. Alors qu'il venait de décrocher, elle dit :

– *Happiness is a warm gun / When I hold you in my arms / And I feel my finger on your trigger / I know no one can do me no harm / Because happiness is a warm gun*

– *Yes it is*, répondit Donovan.

Louise raccrocha vite. Resta interdite, la main sur le combiné.

***

Emmanuel Scherrer reposa le manga qu'il était en train de lire parce qu'il n'arrivait plus à s'y tenir. C'était l'histoire d'un frère et d'une sœur qui découvraient que leur oncle était une femme et leur tante un homme, employés par les services secrets japonais pour infiltrer un réseau spécialisé dans les implants cérébraux. Les scénaristes de BD japonais étaient complètement allumés mais ils allaient jusqu'au bout de leurs délires avec autant de bonne humeur que d'acharnement et c'est comme ça qu'ils embarquaient des millions de lecteurs avec eux. Scherrer avait un faible pour les histoires déraisonnables mais ce soir il ne pouvait s'empêcher de penser à Louise. Il n'était pourtant pas particulièrement sentimental. On pouvait même dire que malgré son goût pour la fiction, il avait les pieds sur terre. Je n'ai aucune chance avec cette femme, se disait-il. Elle couche avec Clémenti.

Serge Clémenti était un homme impressionnant. Scherrer, qui le connaissait de réputation, l'avait rencontré cet après-midi en compagnie de Jude Morisset. Le commissaire leur avait donné tous les éléments en sa possession quant au meurtre de Xavier Bellache, un luthier que Jude connaissait bien. Jude l'appelait l'Artiste. On disait qu'il avait réparé un Guarnerius del Gesù passé sous une voiture. Sauvetage miraculeux, haute chirurgie : l'artisan confiné dans un fauteuil roulant avait des doigts d'or. Clémenti avait parlé longuement d'Ophélie Reix. La performeuse abattue sous le pont de Grenelle, l'ex-femme de Christian Donovan, avait selon toutes apparences tué Xavier Bellache. Clémenti avait même parlé à Simon, le vieux luthier venu spontanément témoigner à l'OCBC à propos de cette rencontre brève et improbable entre Donovan et Mankievitch.

Et tout cela nous ramenait à Louise. Louise qui surveillait Donovan. Guettait le rythme de sa respiration et le moindre de ses états d'âme. Patiente Louise enfermée dans un bureau à kitchenette et à salle d'eau, dormant sur un matelas, se nourrissant de pizzas. Louise aux idées lumineuses. Qui faisait décrypter un dialogue de film muet par un spécialiste du langage des sourds. Qui filmait l'altercation de Mankievitch et de Donovan. Jude avait dû admettre dans son for intérieur qu'elle avait été brillante. Mais bien sûr lors de la venue de Louise à l'OCBC, il s'était bien gardé de la remercier. Depuis, Jude avait convoqué Lucien Mankievitch pour un interrogatoire. Avec pour point d'orgue l'histoire de la destruction du Nicolo Gagliano. Ce type jouait au con comme personne. Fatigant.

« J'ai pas cassé de Gagliano.

– Tu as détruit un Gagliano de cinq cent mille francs.

– Je connais le prix des Gagliano.

– Raison de plus.

– Je savais pas que c'était un Gagliano.

– Tu es un spécialiste, pourtant.

– Pas au point de reconnaître un Gagliano au premier coup d'œil.

– Allons donc !

– Je vous jure qu'il me faut un peu de temps pour reconnaître un Gagliano.

– Bon. Gagliano ou pas, tu l'as bousillé. Pourquoi ?

– Donovan me doit un paquet de fric.

– Pourquoi ?

– Parce que j'ai réussi à lui dégoter un Gagliano à très bas prix.

– N'essaie pas de te payer ma gueule, Mankievitch. Elle est trop chère pour toi.

– Je vous jure que c'est vrai, commandant ! J'ai acheté un Gagliano à un fermier en Normandie. Il ne savait pas que c'en était un. Et je suis allé trouver Donovan pour qu'il me dégote un acheteur. Moi, je ne connais personne qui peut s'acheter un Gagliano.

– Tu confies le Gagliano à Donovan, soit. Et après ?

– Après, il me dit qu'il connaît un musicien que ça va intéresser. Il me promet deux cents patates. Il me dit qu'il lui faut un peu de temps.

– Et alors ?

– Alors, c'était il y a six mois. J'attends toujours le blé. Ça fait plusieurs fois que j'en parle à Donovan. Poliment. Cette fois, il m'a pris de haut.

– Sur la bande, tu dis : “C’est pas ça que je veux entendre, mon petit pote. Et les autres encore moins.”

– J’admets que je l’ai dit.

– C’est qui “les autres” ?

– Pour mes affaires, j’ai des associés. Ça change tout le temps. Il faut être souple et rapide dans mon métier.

– Les noms des associés ?

– Il n’y en a qu’un sur le coup du Gagliano. Il s’appelle Yaskine, c’est un Russe. Parle pas un mot de français.

– Bon, il s’appelle Yaskine, il est russe. La suite.

– Il m’a prêté trente-cinq mille pour acheter le violon au paysan normand. Alors maintenant, il veut que je le rembourse. C’est normal.

– Si je comprends bien, c’est ton Gagliano que tu as cassé chez Donovan.

– Ouais, j’admets que j’ai cassé ce Gagliano.

– Je me délecte à l’avance de l’excuse que tu es en train de nous fignoler.

– Commandant, je suis un mec fier. J’ai compris que le Gagliano, Donovan n’avait pas l’intention de me le payer. C’est un voleur de la pire espèce. C’est lui que vous devriez arrêter.

– On y songera. Alors ?

– Alors, j’ai cassé le Gagliano. Comme ça, il ne sera à personne.

– C’est complètement crétin.

– Pas du tout, commandant. Donovan me doit toujours deux cents patates. La différence, c’est que maintenant il va me les rendre.

– Comment ça ?

– C’est une technique russe. La politique de la terre brûlée. Donovan sait de quoi je suis capable, donc ça lui sape le moral et il a peur de moi.

– Tu joues au con mais tu es un type intelligent, Mankievitch. Ça s'appelle un paradoxe. Comment tu l'expliques ?

– J'essaie de m'en sortir, c'est tout. Les temps sont de plus en plus durs. Et ça va aller de mal en pis.

– Je te propose un marché.

– Dites toujours, commandant.

– Le Habeneck. Dis-nous ce que tu sais.

– Le Habeneck ou le Gagliano ?

– Écoute-moi bien, Mankievitch, parce que je ne vais pas me répéter. À mon avis, tu es trop petit pour avoir volé le Habeneck.

– C'est vrai. D'ailleurs, je n'ai volé ni le Habeneck ni le Gagliano.

– Mais tu es comme une mouche au-dessus du tas de miel. Tu veux ta goutte. Pour le Habeneck, tu as joué les intermédiaires à un moment ou un autre, avec Reix ou Donovan ou je ne sais qui. Et maintenant, ce sont les gros trafiquants qui sont entrés dans la danse. Je veux des noms.

– Je veux bien être une mouche mais pas un mouchard.

– La prochaine fois que tu te pointeras rue de Rome avec ta bagnole pleine de violons et d'archets, il se pourrait qu'un de mes hommes soit là pour vérifier leur provenance. Jusqu'à présent, on avait autre chose à faire mais un comité d'accueil peut s'organiser en un rien de temps. Tu me suis ?

– Je vous suis.

– Alors lâche-moi avec Donovan et donne-moi le nom des *autres*.

– Quels autres ?

– Ta carrière de mouche se termine, Mankievitch.

– Pas de problème. J'ai l'intention d'émigrer en

Russie, terre d'opportunités. Je vous ai déjà dit que j'étais de là-bas ? »

La gendarmerie de Rouen avait localisé le fermier normand. Il se souvenait d'avoir vendu un violon à un type bizarre qui lui en avait donné trente-cinq mille francs. Il n'avait pas idée de la marque de l'instrument ayant appartenu à son grand-père, jadis professeur de musique. Gagliano ou pas, avec ou sans les *autres*, Mankievitch avait un alibi. Mais, cette fois, à coup sûr, la planque de la rue Saint-Dominique était plus qu'éventée.

Scherrer avait déjà raconté tout ça à Louise et elle avait peu réagi. Il reprit son manga, le feuilleta, le reposa. Il se dit qu'il n'avait rien à perdre. Elle était peut-être chez Clémenti ou Clémenti était chez elle. La vie était pleine d'allées et venues. Elle lui avait expliqué que son appartement était aussi son bureau. Qu'il était situé quai de la Gironde. Un quartier plutôt moche dont le seul attrait était l'impeccable Cité des Sciences avec son dragon toboggan. Et le Clairon des copains, le bistro de pépé Maurice et de Robert le barman où elle avait ses habitudes lorsqu'elle ne vivait pas cloîtrée. Et aussi cette ambiance de canal qui rappelait Simenon. Un des écrivains favoris de Scherrer. Le Balzac moderne. Il y avait peut-être Ed McBain de l'autre côté de l'Atlantique pour prendre la relève. À voir. Ils avaient un peu discuté de ça mais dans le fond elle ne semblait pas aimer les romans policiers. Ou alors, elle n'avait pas le temps de lire.

Il avait son numéro et un prétexte tout trouvé avec la mort du luthier mais craignait qu'elle ne refuse de le voir, n'insiste pour qu'il lui explique tout par téléphone. Comme pour le Gagliano. Or rien ne valait le contact direct de leurs yeux. Et si elle n'était pas chez elle, eh bien tant pis. C'est qu'elle était chez Clémenti. Il alla prendre une douche, mit de l'eau de toilette et choisit soigneusement ses vêtements. Et s'en alla. Il valait mieux cultiver ses remords que ses regrets.

Emmanuel Scherrer remonta l'avenue Matignon pour prendre sa voiture garée après le croisement entre la rue de Penthièvre et l'avenue Delcassé, autant dire à trente mètres de l'OCBC. Un des avantages d'être un divorcé, c'est qu'on pouvait vivre à Paris où bon nous semblait. Juste à côté de son travail, par exemple. Parce qu'on avait les moyens de s'offrir le loyer d'un petit studio. Un studio meublé de rien. Avec tout de même un bureau sympathique pour y poser son ordinateur d'apprenti écrivain. C'était bien suffisant à son bonheur. D'autant que se passer du superflu donnait un sentiment de liberté. En se retrouvant dans son studio, Scherrer avait même eu l'impression qu'il rajeunissait ; il se revoyait à la fac de droit, dans sa chambre sous les toits, rue Bréa. Libre comme l'air. Juste avant qu'il ne rencontre Karine.

Peu avant le croisement, Scherrer leva le nez vers la galerie d'art en rénovation qui devait rouvrir dans quelques mois. On avait laissé un écriteau avec une citation d'Atlan : « Si la vie n'a pas de sens, c'est qu'elle en a plusieurs. » Scherrer aimait tellement cette phrase qu'il avait décidé de la mettre en exergue de son roman. Il monta dans sa voiture et alluma le lecteur de cassettes. David Oïstrakh dans le *Concerto n° 2 pour violon et orchestre* de Bach. Une des plus belles œuvres jamais écrites pour le violon. Conseillée par Jude Morisset qui contrairement à ce que pensait Louise était un homme qui gagnait vraiment à être connu. Il démarra. L'horloge digitale de la voiture indiquait 1 h 43.

Pendant plusieurs longues minutes, en filant dans la nuit d'un Paris désert, sur le rythme envoûtant du maître de chapelle, servi par un musicien hors pair, et avec pour objectif la possibilité de revoir le visage de madone de Louise Morvan, Scherrer se sentit parfaitement heureux.

Le quai de la Gironde était sinistre à cette heure de la nuit. Pas un chat et la lumière des lampadaires qui léchait des façades décaties. Il trouva une place devant l'immeuble de Louise et attendit la fin du deuxième mouvement avant de couper le contact. Cette musique lui donnait le frisson.

Morvan Investigations. Il sonna à l'interphone. Rien. Il sonna encore. Rien. Il y avait un banc de l'autre côté de la rue. Il alla s'y asseoir et composa son numéro de téléphone. Si elle dormait avec Clémenti, eh bien il les réveillerait tous les deux et elle trouverait les mots pour dire que c'était un faux numéro. Ou bien elle répondrait avec naturel : il n'y avait rien entre eux après tout, rien à cacher à Clémenti. Il composa le numéro, la sonnerie se répéta et un répondeur prit le relais avec sa jolie voix claire et un ton très professionnel. Scherrer raccrocha. Il pensa soudain qu'il y avait ce moyen énervant et magnifique qui permettait de toucher les gens à n'importe quelle heure, où qu'ils se trouvent. Le portable. Louise en possédait un. Il avait d'ailleurs enregistré le numéro dans son agenda électronique sous celui de Morvan Investigations. Magnificence du modernisme.

Elle répondit tout de suite. Sa voix était neutre. Il n'y avait pas moyen de savoir si elle était contente de l'entendre.

– Tu es seule ?
– Oui, pourquoi ?
– Tu es où ?
– À la planque, et toi ?
– Quai de la Gironde, devant chez toi.

Il évita soigneusement de lui demander ce qu'elle foutait encore rue Saint-Dominique. Malgré la séance de cinéma muet avec Donovan et Mankievitch dans les rôles principaux. Il trouva un ton cool mais énergique pour lui dire qu'il allait venir parce qu'il y avait du nouveau. Elle raccrocha sur un accord et sans même lui demander plus de détails, sans même vouloir savoir pourquoi il avait le culot de l'appeler à deux heures du matin. Donovan était peut-être encore en position verticale à cette heure-ci. Et avec tout ça, Louise avait perdu la notion de l'heure.

Scherrer passa du lecteur de cassettes à la radio. Le *Concerto* de Bach n'allait pas avec l'entrée en scène de Donovan. En roulant sur un fond de musique où un type disait en anglais à une femme qu'il avait cherché l'amour dans tous les mauvais endroits avant de la rencontrer, Scherrer se dit qu'il y avait un sujet de roman tout trouvé pour lui. L'histoire d'une femme chargée de surveiller un homme et qui finissait par prendre tellement goût à sa mission qu'elle en oubliait d'arrêter. Et puis, il se mit à réécrire dans sa tête la conversation qu'ils venaient d'avoir au téléphone. C'était encore plus beau et encore plus triste.

Plus tard, il apprit qu'on avait crevé les pneus de la Porsche et que Donovan avait téléphoné à Reix pour le lui dire. Le vieux lui avait répondu que le chat était mort et qu'il fallait garder son calme.

En arrivant, il l'avait trouvée assise sur la chaise, matant Donovan en slip sur son voltaire, occupé à regarder un porno à la télévision. Dans l'immeuble tout le monde dormait, sauf lui. Il avait une nouvelle bouteille de tequila à portée de main. Louise avait allumé la télé et regardait de temps à autre ce qui se passait sur l'écran. C'était un porno soft dans lequel on ne voyait que les seins des filles et leurs léchages de lesbiennes mais aucune pénétration. Voir des filles baiser ensemble titillait Emmanuel Scherrer comme la majorité des hommes mais sans plus. D'autant que ces deux-là étaient plutôt tapées et n'avaient pas de gros seins. La plus vieille avait les tétons percés d'anneaux et portait un ensemble de lingerie bleu ciel très beau. L'autre avait un regard de silex.

– Je me suis toujours demandé à quoi servaient les pornos soft, dit Scherrer en imaginant qu'il posait sa tête sur l'épaule de Louise.

Christian Donovan saisit la télécommande et zappa. C'était une émission animée par Thierry Ardisson. Louise zappa aussi. Une chanteuse fustigeait un philosophe à propos de ses écrits sur le dalaï-lama. Scherrer se dit que le moment était venu de révéler à Louise qu'Ophélie Reix avait peut-être tué Xavier Bellache. Il lui prit doucement la télécommande des mains et éteignit la télévision.

Chapitre 17

– On est sûr que c'est elle sur la vidéo ? demanda Louise.

– Positif. Elle arrive le visage et la démarche calmes, un étui à violon à la main. Elle s'annonce à l'interphone en disant « Ophélie ». Elle repart soixante-dix-neuf minutes plus tard avec le même air tranquille et deux étuis. Entre-temps, elle a buté un luthier paraplégique spécialisé dans les instruments de prix d'un coup de fusil en pleine poire. La chambre forte est ouverte, la clé dans la serrure.

– Bellache lui a ouvert la chambre forte ?

– Elle l'a tailladé avec un de ses outils de lutherie, un poinçon. Il n'y a pas de sang sur la clé ou la serrure.

– Il lui a donné la clé et la combinaison. Et c'est elle qui a ouvert la chambre forte.

– Exact. Mais elle n'a volé aucun instrument. Même pas un Montagnana qui vaut entre trois et quatre briques.

– C'est certain ?

– L'apprenti de Bellache nous a donné une liste complète des instruments réparés ou en voie de réparation qui se trouvaient dans la chambre forte. Il n'en manque aucun.

– Qu'est-ce qu'on a volé alors ?

– En apparence, rien.

Louise réfléchit un moment et dit :

– Il ne passait pas sa vie dans la chambre forte, cet apprenti.

– Non, il y pénétrait une ou deux fois par mois. Quelquefois plus quand un client venait reprendre possession de son bien.

– L'apprenti ment peut-être.

– C'est un gamin qui n'a que dix-sept ans. Et c'est avant tout le fils de Bellache. Il est effondré et sous calmants.

– Comment se fait-il qu'il n'ait pas découvert le corps de son père ?

– Il était parti en week-end avec des copains. Comme la femme de ménage. Mais elle est venue travailler tôt le lundi matin.

– Ophélie Reix entre avec un étui à violon et ressort avec deux, reprit Louise. Admettons qu'il y ait le fusil dans le premier et qu'elle le remporte avec elle de la même façon…

– C'est ce qu'on a pensé.

– Qu'y a-t-il dans le deuxième étui, si ce n'est un violon ?

– Un violon dont Bellache n'avait pas parlé à son fils et qu'il cachait soigneusement dans la chambre forte, dit Scherrer.

– C'est pour cette raison que je vois assez bien le Habeneck dans le deuxième étui. Pas toi ?

– C'est une possibilité. Et dans ce cas, celui qui a tué Ophélie Reix le jeudi de l'Ascension l'a peut-être fait parce qu'elle venait de voler un stradivarius à des voleurs.

– Oui, mais il y a une chose qui cloche.

– S'il n'y en avait qu'une !

– Malgré ses performances coriaces, cette fille n'a

pas le profil d'une tortionnaire et d'une meurtrière. En plus, les statistiques nous apprennent que les femmes sont moins enclines à utiliser des armes à feu que les hommes.

– Nous sommes bien d'accord, dit Scherrer.

– Et puis, il y a le fait qu'elle est immortalisée sur la vidéo de surveillance.

– Immortalisée, après ce qui lui est arrivé par la suite… Le terme est mal choisi, Louise.

– Elle ignorait peut-être l'existence d'une caméra.

Scherrer ménagea un temps de suspense avant de dire :

– On la voit fixer cette caméra comme pour dire bonjour au vigile.

– Elle a peut-être tué Bellache par vengeance. Et elle se foutait pas mal qu'on la voie. Apparemment c'était une fille passionnée qui n'avait pas froid aux yeux.

– Théorise un peu pour voir, dit Scherrer avec un sourire.

– Donovan et Ophélie étaient restés très proches. Bellache a peut-être voulu le faire chanter ou Martin Reix ou même les deux associés.

– Chanter ? Pour quelle raison ?

– S'ils sont impliqués dans le vol du strad.

– Tu vois Ophélie monter au créneau pour défendre l'honneur de son ex-mari ?

– Non, pas vraiment dans le fond. On peut opter pour le mobile crapuleux. Ophélie descend Bellache pour lui prendre le Habeneck qu'il recèle dans sa chambre forte.

– Difficile à envisager, répliqua Scherrer.

– Pourquoi ?

– Jude voit mal un luthier du calibre de Bellache se mouiller dans une histoire de trafic. Ses affaires étaient bonnes. C'était un des meilleurs de Paris. Et Ophélie était une artiste très impliquée dans son travail.

– Souviens-toi d'une chose, Emmanuel.

– Laquelle ?

– Ce strad vaut vingt-quatre millions. Il y en a beaucoup qui vireraient leur cuti pour moins que ça. Des performeuses, des luthiers…

– Et des antiquaires spécialisés dans les instruments anciens, continua Scherrer en souriant de plus belle. Finalement, tu es bien plus cynique que Jude, Louise.

– Jude n'est pas cynique. Il est condescendant. C'est moins drôle. De toute façon, il y a matière à rester éveillés le reste de la nuit avec ce genre de problème.

– D'autant qu'un autre détail tracasse tout le monde.

– Quoi donc ?

– Dans la chambre forte, il y avait cinq violons bas de gamme. Clémenti a eu l'idée de montrer l'atelier à un luthier qui nous a déjà servi d'informateur au sujet du Habeneck, et ce type a tout de suite tiqué.

– On pourrait se faire du café, qu'est-ce que tu en penses ? J'aime bien réfléchir avec toi.

Elle était déjà debout. Il l'écouta s'affairer dans l'obscurité. Quand elle lui avait dit s'être habituée à faire presque tout dans le noir à cause de Donovan, il avait pensé : « Et je dirais même qu'à cause de lui, tu es un peu dans le cirage. » Comment faisait-elle pour fantasmer sur Donovan et aimer Serge Clémenti ? Il sentit bientôt l'odeur du café et entendit le gargouillis de la cafetière et la fin de ce gargouillis. Mais elle ne revenait pas. Il paria qu'elle matait l'autre par la fenêtre de la kitchenette et cette perspective ne lui plut guère. Mais il l'entendit qui réfléchissait à haute voix : « Quel rapport y a-t-il entre un luthier paralysé et une femme qui travaille sur le corps en mouvement, hein ? » Scherrer fut rassuré de savoir qu'elle était concentrée sur l'affaire et oubliait deux minutes le mec d'en face. Parce que, après tout, ce voyeurisme à propos de l'autre, c'était quand même un peu de la branlette et il y avait mieux à faire.

Mais dans le fond, n'était-elle pas plus contemplative que voyeuse ? Une nouvelle idée intéressante. Il était sûr qu'elle avait une nature profondément féminine, contrairement à toutes ces bonnes femmes androgynes qu'on croisait aujourd'hui. Louise ne se transformerait jamais en virago. Des années de cohabitation ou de mariage ne la changeraient pas. Ce n'était pas comme Karine qui de jeune fille douce était passée en quelques années à la mégère stressée. Il n'avait jamais regretté de l'avoir laissée partir.

Louise finit par revenir avec un plateau qu'elle posa à côté du matelas. Elle avait une petite lampe de poche et éclaira les tasses, la cafetière et les cubes de sucre. Elle lui fit remarquer que les emballages représentaient les Bleus et tout à trac dit : « Je n'aime pas le foot mais j'aime bien Zinedine Zidane, son nom, son look, son sourire, tout. » Elle lui demanda combien il voulait de sucres et Scherrer éprouva une légère tristesse parce qu'il aurait voulu qu'elle fasse attention à ce genre de détails. Ils avaient déjà pris un café ensemble, elle aurait pu savoir si elle s'était un peu intéressée à lui. Enfin, tout n'était pas perdu si elle continuait de lui raconter ce qui lui passait par la tête ; c'était un signe d'intimité après tout. Dans le clair-obscur créé par la lampe de poche, elle lui raconta un rêve étrange qu'elle avait fait juste avant qu'il ne l'appelle. Scherrer n'aima pas beaucoup ce rêve mais n'en laissa rien paraître. Il finit par dire :

– Demain, tu pourras sortir de ta boule neigeuse, Louise. Donovan et Reix sont convoqués rue de Penthièvre par mon patron. Serge Clémenti et deux de ses lieutenants sont invités.

Chapitre 18

– *Si tu ne sais pas où tu vas, retourne-toi et regarde d'où tu viens.* C'est un dicton sénégalais, dit Marcellin N'Diop.

Philippe Argenson le considéra d'un air morne en se resservant du vin. Un peu dépassé et un peu paf, il écoutait la conversation qui prenait une drôle de tournure intello. Ils étaient tous en train de dîner dans un restaurant qu'aimait bien Jude Morisset (Jude ! tu parles d'un prénom !) et qui n'était pas terrible. On y servait une cuisine du monde entier ; autant dire de nulle part. Les serveurs avaient un drôle de genre. Le courant passait entre le commandant et le commissaire bien qu'ils ne soient pas d'accord sur le cas Ophélie Reix. Mais le capitaine Scherrer parlait à peine et Argenson trouvait qu'il scrutait le visage de Clémenti comme s'il voulait comprendre le bonhomme d'un seul coup et n'y arrivait pas. Pas étonnant. Qu'est-ce qu'il croyait ?

– Je l'aime bien, ce dicton sénégalais ! s'exclama Morisset.

Argenson ne l'aurait jamais cru aussi expansif avant ce repas en sa compagnie. Enflammé par la discussion, le commandant oubliait son tajine de poulet au citron confit tout comme Clémenti ses tacos au bœuf.

– Dans un de ses bouquins, le préhistorien Yves Coppens dit bien qu'à Lascaux nos ancêtres nous ont craché leurs âmes, reprit Morisset. Avant les fresques, on les considérait comme des types qui avaient peu de rapport avec nous, des hominidés mal dégrossis, des sauvages.

– Des primitifs, ajouta Clémenti en faisant un clin d'œil à Scherrer qui se contenta de sourire une fois de plus.

– Avec Lascaux, on a compris qu'entre eux et nous, le lien n'était pas lointain. Ils étaient des artistes. Des grands, comme ceux qui ont bâti le patrimoine qu'on défend à l'OCBC. Eh bien quand je pense à Ophélie Reix, je ne vois pas une grande artiste.

– Qu'elle peigne des aurochs ou fasse des vidéos n'a guère d'importance, dit Clémenti. Elle charriait de l'émotion. C'était ça son boulot d'artiste.

– Des émotions de pacotille, si tu veux mon avis, répliqua Morisset.

Le vin aidant, ils se tutoyaient depuis peu et s'appelaient par leurs prénoms mais le patron continuait de vouvoyer sa piétaille !

– De l'émotion, elle en avait à revendre, dit Clémenti. Elle a couvert les escaliers de Donovan de roses pour lui déclarer sa flamme quand ils étaient jeunes. C'est le genre de choses qui m'aurait ému dans le temps.

– Ça n'en fait pas une grande artiste !

– Elle travaillait sur le corps et ses modifications. Une métaphore dans notre époque de bouleversement radical, s'entêta Clémenti. Les artistes ne peuvent pas passer à côté de ce qui est en devenir. Le clonage, la confusion des sexes, la fusion probable de l'homme et de la machine.

– Je n'ai pas attendu Ophélie Reix pour m'apercevoir que rien ne restait en l'état, surenchérit Morisset. Il faut quoi, six, sept ou huit ans pour que toutes les cellules de notre corps se remplacent ? On peut donc considérer que celui qu'on était avant ce changement progressif et parfaitement naturel était un autre. Et je ne parle même pas du vieillissement.

– Regarde son visage ! dit Clémenti en sortant une photo de sa poche.

Les jumelles et leur mère en concert. Argenson n'aurait pas imaginé que Clémenti leur faisait prendre l'air dans sa poche. D'habitude, il étudiait la photo après l'avoir posée sur le vieux maroquin de son bureau, un cigare qu'il n'allumait jamais à la main. Il la punaisait ensuite au panneau de liège.

– Elle n'était pas terrible, dit Morisset avec une moue.

– Elle a l'air innocent.

– Qu'est-ce que ça prouve ?

– Contrairement à ce que tu penses, je crois qu'on ne change pas vraiment.

Clémenti farfouillait de nouveau dans ses poches. Pour en sortir une autre photo. Celle d'une blonde dont il ne leur avait pas encore parlé. Difficile pour Argenson de se faire une idée : de sa place, il la voyait à l'envers. Cela lui rappela les tableaux d'un peintre allemand vu dans un magazine : un gars qui ne peignait que des gens tête en bas !

– Et cette jeune fille, comment la trouves-tu ? demanda Clémenti.

– Qui est-ce ?

– Anita Scoli. Une amie d'Ophélie évaporée dans la nature. On a lancé un avis de recherche.

– Tu la trouves belle, toi ?

– Belle… peut-être. Touchante, sûrement. Et pourtant cette fille n'intéresse personne.

On sent bien qu'on en est à la cinquième bouteille, se dit Argenson en soupirant. Mais Morisset avait dit qu'il fallait bien ça pour se remettre. Après avoir gardé les antiquaires six heures sur le gril. Donovan était venu à la convocation en costume gris froissé, chemise mauve et chaussures en daim et se trimballait une queue-de-cheval. Il avait plus le look du blond qui jouait dans *Deux Flics à Miami* que celui d'un expert en violons. Le vieux Reix c'était autre chose. « Excentrique comme un lord anglais », avait résumé Morisset. Le Milord se réservait la piscine Deligny du 1er janvier au 31 décembre. Un bassin qui donnait dans la Seine. Il vint soudain à l'esprit d'Argenson que les Reix étaient tous des pataugeurs. Le vieux dans sa piscine, la fille dans la Seine ou dans le formol.

Morisset tapait du doigt sur la photo du trio, et plus précisément sur la tête de la violoncelliste, semblant marquer la cadence rapide d'une musique qu'il était seul à entendre. Ou enfonçait le clou pour dire que sa théorie était la bonne. D'ailleurs, il ajouta qu'il trouvait les modernes primitifs moins intéressants que les primitifs tout court, n'aimait pas les œuvres d'Ophélie Reix et la voyait bien travailler le corps d'un luthier jusqu'à ce que mort s'ensuive pour l'amour de la performance ou celui du fric.

– Pour réaliser des vidéos artistiques pleines de rage et d'amour et tout à la fois zigouiller un luthier à coups de poinçon et de fusil, il faut être schizophrène, répliqua Clémenti. Mais aucun de ses proches ne s'est jamais plaint de la santé mentale d'Ophélie Reix. À commencer par Martin Reix.

– Je sens que tu l'aimes bien, le vieux, dit Morisset.

– Il vient de perdre sa fille mais n'a rien perdu de sa classe.

– Et Donovan, vous éprouvez de la sympathie pour lui ? demanda curieusement le capitaine Scherrer.

Clémenti se contenta de sourire et but une gorgée de vin. Et comme tout le monde se taisait, Argenson marmonna que pour vingt-quatre millions de francs, des hordes de gens, schizophrènes ou pas, vendraient leur mère et leurs enfants – et encore, plusieurs fois –, mais personne ne l'écouta. Sauf Scherrer peut-être qui continuait de se taire. Et matait le commissaire que ça n'avait pas l'air de gêner. Clémenti était sûrement éméché lui aussi même si sa diction n'en laissait rien paraître. Argenson n'avait pas vu le commissaire prendre une cuite depuis un bail. La dernière, c'était peut-être bien quand le patron s'était disputé avec Louise Morvan parce qu'elle l'avait cocufié.

Dans le fond, Argenson était mécontent parce qu'il avait raté une fois de plus le dessin animé *Pokémon* avec son fils. Il ne s'intéressait pas à ces conneries japonaises mal dessinées mais le petit avait trouvé là le bon truc pour partager un moment en famille. Quoique. « Conneries japonaises », c'était vite dit. Il y avait dans ce dessin animé des bonnes valeurs à inculquer aux gamins. Et donc, au lieu de *Pokémon*, il fallait se farcir ces discussions entre hommes qui n'en finissaient plus. Argenson pariait que Scherrer était sans femme et que Morisset était pédé. Quant à N'Diop il avait une épouse en or qui ne râlait jamais quand il rentrait tard, ni pour autre chose d'ailleurs.

Argenson estimait qu'après avoir, entre autres, étudié à la vitesse de la lumière les situations financières des deux antiquaires, il avait abattu suffisamment de boulot pour la soirée mais Clémenti avait un côté vampire avec ses hommes. Même N'Diop le disait en rigolant, mais bon, il le disait quand même. Donc on savait que les finances des associés Reix et Donovan n'étaient plus aussi florissantes. À tel point que le vieux avait mis en vente sa résidence secondaire de Dampierre dans la vallée de Chevreuse. Sans succès d'ailleurs. Un de ses amis, commissaire-priseur, lui avait permis de vendre au mieux des meubles et des tableaux à l'Hôtel Drouot. De son côté, Donovan roulait toujours en Porsche et invitait des filles au restaurant mais il avait profité de la vente aux enchères pour refourguer ses propres meubles et ne garder que l'essentiel. La crise japonaise qui, il y a deux ans, avait affaibli toute l'Asie leur avait filé un vieux coup dans les côtes parce qu'à cette époque, ils s'étaient retrouvés avec deux violons de plus de cinq briques sur les bras. Les acheteurs, des businessmen de Taipei et Singapour, s'étaient rétractés au dernier moment ; Reix et Donovan étaient plutôt branchés Japon et Asie du Sud-Est et n'avaient aucune connexion aux États-Unis. Moins florissants ou pas, les deux associés étaient des coriaces. Le vieux racontait n'importe quoi et jouait les dingues. Le jeune était le mec le plus cool qui soit. Pas un mot au-dessus de l'autre. Presque mieux que Morisset. Le commandant avait d'ailleurs dit qu'il était bouddhiste sur un ton presque admiratif. Vraiment spécial, le Jude.

Pour le moment une seule chose était sûre : les douilles des cartouches des meurtres Bellache et Reix étaient identiques et les collègues chargés de rechercher l'armurier avaient désormais la photo de l'artiste à portée de main. Argenson sentait que ça allait bien leur faciliter la tâche. Parce que contrairement à Clémenti, le lieutenant Argenson voyait très bien la fille Reix massacrer le luthier. Ça se faisait couramment chez les *aliens* des grands espaces intersidéraux.

– Les faits sont contre Ophélie Reix, dit Morisset. Tout nous dit que c'est elle qui a occis Bellache. Pour la bonne et simple raison que le système de vidéosurveillance est infaillible et prouve que personne d'autre n'est entré chez le luthier.

– Je ne dis pas que ce n'est pas elle, répondit Clémenti. Je dis que si c'est elle, il faut vraiment qu'elle ait un mobile en béton armé.

Argenson répéta que vingt-quatre millions de francs étaient un mobile tout trouvé. Tout le monde hocha la tête cette fois mais Morisset crut intéressant de préciser qu'Ophélie Reix avait été élevée dans l'aisance.

– Il y a des gens qui n'ont jamais assez, intervint Argenson. Vous vous rendez compte : vingt-quatre millions !

– C'est ce que vaut le violon, intervint Scherrer, mais on n'est pas dans une salle des ventes. Rien ne dit que c'est la somme que l'acheteur est prêt à donner. Vu les circonstances, il peut demander un gros rabais.

– Mais même la moitié ! dit Argenson. Douze millions ! Il y a de quoi se laisser tenter.

– Je dirais plutôt six à huit millions, rétorqua Scherrer.

– Tout ça ne nous dit pas qui a descendu Ophélie Reix sur sa croix argentée entre Visitation et Ascension, dit Clémenti avec cette voix théâtrale qu'il avait quelquefois et qui était sérieusement agaçante.

Le lieutenant pensa à Gauthier Argenson endormi avec son singe en peluche dans les bras et à Marie-Claude Argenson probablement occupée à repasser en regardant la télé. La cinquième bouteille mourut dans le verre du commandant Morisset grâce aux bons soins du commissaire. Et on parla de remettre ça. Évidemment, si Louise Morvan avait préparé un petit dîner aux chandelles au patron et débouché une bonne bouteille en déshabillé de soie, on n'en serait pas là. Ou même en chemise de nuit synthétique. Ou en pyjama à la rigueur. Pas grave.

Chapitre 19

Serge Clémenti laissa la voiture de fonction à ses hommes et dit qu'il rentrerait à pied. Il avait trouvé Jude Morisset sympathique et Emmanuel Scherrer bizarre. Le jeune capitaine l'avait dévisagé pendant une bonne partie du dîner. Aucune agressivité palpable mais le regard était un peu trop appuyé. Quelques secrets coincés dans la glotte magique, peut-être ? Clémenti s'était même attendu à ce qu'il trouve un prétexte et lui propose de faire un bout de chemin en sa compagnie comme s'il avait une faute sur la conscience et cherchait un confesseur. Je n'ai pourtant pas une gueule de curé, se dit le commissaire en entrant dans un café pour s'y faire servir une infusion menthe. Il avait forcé sur le bordeaux qui n'était pas de la meilleure qualité.

Il sortit du café et remonta la rue de Turenne. Croisement avec la rue des Filles-du-Calvaire : il pensa que l'appellation convenait bien aux jumelles Reix et à leur double et noire destinée. La sonnerie de son portable se fit entendre. Il regarda l'écran vert et reconnut le numéro de Denise de chez TatouRage parce que son prénom s'afficha au-dessus des dix chiffres. Il laissa sonner jusqu'à ce que la messagerie se déclenche, qu'elle dise ou non ce qu'elle avait à dire et qu'elle raccroche vite. Il attendit un peu au carrefour et composa le 888 :

– « C’est Denise. On pourrait se voir cette nuit. Chez toi comme la dernière fois. Ton lit est de première qualité, Serge, mais j’ai pourtant rarement aussi peu dormi… »

Et ça continuait ainsi un petit moment. Flatteuse, bavarde bien entendu et un rien autoritaire, pensa-t-il en appuyant sur la touche 3 pour effacer le message. Papillon de nuit. Papillon d’une nuit. Il aime voleter au-dessus des flammes. Jusqu’à se brûler les ailes.

Elle portait une robe noire et des sandales assorties. Ce printemps, on ne la voyait plus que comme ça. Des robes déboutonnées jusqu’au creux des seins et jusqu’au milieu des cuisses, des sandales à hauts talons. Évidemment, avec la planque, elle n’avait plus besoin de courir. Elle n’était pas maquillée et avait les yeux cernés. Ce soir, elle était magnifique mais sans âge. Comme du temps de ces actrices américaines si jeunes et pourtant si femmes. On oubliait leurs dates de naissance, elles étaient des déesses de pierre qui bougeaient.

– J’ai obéi à une impulsion, dit-elle en souriant.

Elle était assise sur la dernière marche de l’escalier et avait fumé cinq cigarettes dont les mégots traînaient dans un prospectus qu’elle avait plié en bateau. Les femmes fument de plus en plus, pensa Clémenti. Il l’aida à se relever et elle l’enlaça pour l’embrasser.

– Oui, j’ai bu, dit-il.

– À cause de moi ?

– Bien sûr.

Ils ne s’étaient jamais décidés à se donner les clés de leurs appartements respectifs. Généralement, ils s’appelaient avant de venir parce qu’ils appréciaient tous deux de conserver une certaine retenue. C’est peut-être une fameuse connerie, se dit-il. Trop de subtilité nuit. Je pourrais faire un double. Et elle aussi. Et on se ferait des débarquements à l'improviste. Aussi réussis que celui-là.

Clémenti réfléchit et se dit : « Ai-je bien changé les draps depuis le papillon ? » Il se souvint que oui, se dit encore que ces hésitations témoignaient de l'âge qui venait à pas feutrés. Il avait lu des faits alarmants sur le vieillissement du cerveau. Alzheimer, Parkinson, Creutzfeldt-Jakob, Huntington aux aguets. Mais il ne se sentait pas encore alarmé, ni même inquiet. Il se sentait différent par rapport au mois dernier. Étais-je heureux, deux semaines auparavant ? Avant la planque ? Pour le moment, elle avait l'air d'avoir oublié toutes ces nuits à mater l'antiquaire. Elle avait l'air de ne penser qu'à lui. Il aurait pu lui lire Shakespeare, lui jouer un petit air de saxophone malgré les voisins, lui demander de l'épouser. Il était assez saoul pour tout ça.

– J'ai pensé au victim-art, dit-elle, le bras replié derrière l'oreiller et sa cigarette qui trouait l'obscurité. Tu te souviens de la chanteuse assassinée ? Sur une péniche ? Bien sûr que tu t'en souviens, c'est comme ça qu'on s'est rencontrés.

Il avait la tête posée sur son ventre et lui caressait le sein gauche. À travers les raies du store, la lumière des lampadaires filtrait à peine et c'était délicieux de ne regarder Louise qu'avec les mains. Il avait de la chance de vivre à la fin du XXe siècle et pas dans mille ou cent mille ans au milieu d'humains devenus androgynes. Les vapeurs du vin dansaient encore dans sa tête mais il se demanda tout de même si elle était venue pour lui ou pour lui soutirer des informations.

– Tu es venue pour moi ou pour me soutirer des informations ?

Elle se raidit :

– Serge !

Le sein s'était échappé. Quelques centimètres, une toute petite seconde et le monde changeait du tout au tout. Il le rattrapa et le caressa avec plus d'amplitude, le palpa en fait, pour l'amarrer.

– Je plaisantais. Et moi aussi, j'ai pensé au victim-art.

– Tu vois Ophélie se faire blesser ou abattre volontairement ? reprit-elle avec enthousiasme. Un accident ou un suicide ?

– Son cameraman-secrétaire-attaché de presse n'y croit pas. Tu l'as vu, donc tu es au courant. Gregory Patte est très bavard.

– Je constate que tu suis mes faits et gestes.

– Mes hommes sont très bons, même quand on ne le leur demande pas. Je ne t'apprends rien.

– Elle n'a peut-être pas voulu qu'on lui tire dessus mais qu'on tire sur un corps qui ressemblerait au sien.

– Comment ça ?

Louise était bien aimable, bougeait le moins possible pour que la paume de Clémenti puisse répéter le même parcours en circuit fermé. Il percevait toutefois une légère tension, elle réfléchissait dur.

– Il y a ce mystère de la sœur jumelle, reprit-elle. Tu as étudié leurs prénoms ?

– Ophélie et Olympia. O et O.

– Ophélie, la fiancée d'Hamlet appartient à l'élément liquide. Elle peut être la sirène.

– Pourquoi pas.

– Olympia. L'Olympe, le ciel. La sœur est l'ange. Qu'en penses-tu ?

Elle s'exaltait. Il la laissa parler de ce qu'elle avait

lu dans le *Dictionnaire des symboles* à propos des anges et des sirènes. Il pensa qu'il aurait pu lui raconter la belle histoire de Donatien et du Prince Albert ou celle de Denise, des scarabées et de la salamandre. L'Olympia de Manet qui était une pute. Et l'Ophélie de Shakespeare qui était une pure. En cherchant bien, on trouvait de vieux symboles et de nouvelles légendes partout. Il dit, comme s'il récitait une phrase apprise :

– Ophélie ne s'est jamais remise de la perte de sa jumelle et ce tatouage est l'expression de ce manque.

– Eh bien tu vois les choses comme moi, alors ?

– Dis-en un peu plus pour voir.

– La sœur jumelle n'est peut-être pas morte.

– Si, pourtant. Il y a neuf ans dans un hôpital toulousain.

– Et si on avait substitué un corps ?

– Pour quoi faire, ma douce ?

– Je ne sais pas. C'est une idée. Tu ne trouves pas étrange qu'Ophélie ait changé à ce point après son accident ?

– Tu penses à quoi ? Contrairement aux apparences, c'est Ophélie qui meurt à Toulouse et Olympia prend sa place ?

– Je ne pense à rien de précis mais un tas d'images flottent dans ma tête et je ne peux pas m'en débarrasser.

– Il paraît que c'est l'effet que les performances d'Ophélie font sur les gens. Tu as vu ses vidéos ?

Oui, sur le Net. Et puis, il y a cette nouvelle mort. Le luthier Bellache.

– Elle colle avec cette histoire de victim-art, cette nouvelle mort, Louise ?

– Aucune idée.

– Morisset, le flic que tu apprécies, voit bien Ophélie en tueuse.

– Et toi ?

– Je laisse mes idées baguenauder.

Ils se turent un moment. Louise arrivait au bout de sa cigarette ; une dernière bouffée et avant de l'écraser dans le cendrier, elle s'en servit pour en rallumer une autre. Elle n'avait jamais fait ça. Trop de tabac, trop d'images aussi. Elle ajouta :

– La sirène tend les bras vers l'ange qui fait de même. Elles évoluent dans des éléments opposés mais elles sont semblables. Ce sont de vraies jumelles. Elles s'appellent, elles sont en manque l'une de l'autre. À tel point qu'Ophélie lâche un homme comme Donovan.

– Un homme comme Donovan, hein ?

– Eh bien quoi ?

– Rien.

– Quoi, *rien* ?

– C'est un type plus que compréhensif. Il comprend qu'à dix-sept ans elle couvre ses escaliers de roses pour le plaquer un peu plus tard. Il comprend qu'elle ait besoin de lui emprunter sa bite…

– Qu'est-ce que tu racontes ?

– Il s'est prêté à un moulage pour qu'elle puisse se travestir en homme. Il comprend qu'elle veuille flotter au milieu des cadavres. Il comprend tout. S'il savait que tu passes presque toutes tes nuits à le mater et le reste du temps à penser à lui, il comprendrait aussi. Il n'en ferait pas toute une histoire. Et si c'était lui, l'Ange ?

Il avait dit tout ça d'un ton neutre, un peu à la manière de Jude Morisset, mais Louise n'avait pas apprécié. Elle venait d'écraser sa cigarette toute neuve dans le cendrier et c'était au moins ça de gagné, mais elle décida de croiser les bras et de boucher l'accès au delta de ses seins. Le monde n'était vraiment pas un endroit stable.

– Tu es méprisant.
– Comment ça ?
– Tu m'accuses de venir te soutirer des infos et ensuite tu m'accuses de ne pas faire sérieusement mon travail.
– Je n'ai jamais dit ça, ma douce.
– Tu prétends que je ne pense qu'à Donovan. Mais moi je ne fais pas des journées de fonctionnaire parce que je n'en ai pas les moyens.
– Cette discussion est inepte. Et je ne relève même pas l'allusion aux fonctionnaires parce que je ne me sens pas concerné. Tu dis n'importe quoi. Pour m'énerver.
– Une discussion inepte. Je suis bien d'accord. Et nous allons l'interrompre.

Sur ce, elle se leva et alluma la lampe de chevet. Il se retourna pour la regarder s'habiller. Elle lui jeta un coup d'œil furibard et il envisagea plusieurs possibilités. Parler, se taire. Se lever, rester allongé. Lui dire que tout était fini. La supplier de rester. *Nous ne nous verrons plus sur terre Odeur du temps brin de bruyère*. La laisser partir. La poursuivre à poil dans la rue. Se jeter sous les roues du taxi. Aller tranquillement au parking prendre la voiture et la rejoindre quai de la Gironde. Il avait toujours aimé l'ambiance de son bureau-appartement et la toile avec le torero aux prises avec la Bête. Hormis les sandales, elle était déjà rhabillée. Incroyable.

D'ailleurs, elle ne prit pas le temps de les mettre, ces fines sandales qui devaient pourtant s'enfiler comme un charme, et sortit en claquant la porte. Il attendit deux secondes et se précipita, prit tout de même le temps d'enlever ses clés de la serrure. Elle guettait l'ascenseur, brides de sandales en main.
– Reviens, Louise !

– Tu es saoul.

– On s'en fout.

L'ascenseur arriva, il la poussa à l'intérieur et appuya sur le bouton 0. Elle essaya d'arrêter la fermeture de la porte mais il bloqua son geste. L'ascenseur partit et Clémenti plaqua Louise contre la paroi en miroir, souleva sa robe et essaya de l'embrasser. Par inadvertance, il lui griffa la joue avec ses clés.

– Lâche-moi, tu es dingue !

– J'ai toujours rêvé de faire ça dans un ascenseur.

– Pas moi !

– Ça m'étonnerait.

Ils se retrouvèrent dans la rue.

– Reviens ou je fais un scandale. Je saute dans le taxi et je hurle. Je saute sur le capot du taxi et je hurle.

– Je n'ai pas besoin de taxi, répondit-elle en partant en courant.

Elle courait remarquablement vite, fut dans la voiture en un rien de temps. Il avait reconnu la vieille DS du garçon boucher. Claude, un mec pas contrariant. Voilà ce qu'il fallait à Louise. Des gars complaisants. Des garçons bouchers qui prêtent leur voiture et font des planques le dimanche. Des antiquaires qui prêtent leur bite pour faire plaisir.

– Pars ! Mais plus la peine de revenir ! hurla-t-il à la voiture qui démarrait en marche arrière.

Et disparut au bout de la rue de Lancry. Clémenti revint vers son immeuble, entra dans le hall et s'appuya un instant contre les boîtes aux lettres. Quand il entendit le mécanisme de la porte, il se retourna. Espoir du visage de Louise. Sa voisine du dessus.

– Ouah ! dit-elle avec un mouvement de recul. C'est vous ! Vous m'avez flanqué une de ces trouilles !

Il respira un grand coup et lui dit que tout allait

bien, qu'il venait de se disputer avec une amie. Elle le détailla un moment. Il se souvint d'elle, à sa fenêtre, une paire d'années auparavant quand une voiture flambait devant chez eux et qu'il se bagarrait pour éteindre l'incendie. À poil comme cette nuit. Elle le regardait d'un air gourmand maintenant. Comme la dernière fois à sa fenêtre, en fait. Une fille constante. Il en fallait. Elle semblait mener une vie plutôt solitaire. Écoutait de la musique assez fort quand elle prenait sa douche. Toutes ces vies parallèles à la nôtre. Toutes ces « modernes solitudes ».

Elle était en train d'allumer une cigarette, elle avait envie de causer. C'est vrai que je suis passablement saoul, se dit Clémenti.

– Et pour corser le tout j'ai trop bu, expliqua-t-il.

– C'est pas grave, dit la voisine. Ça m'arrive aussi. Je vous ai toujours trouvé sympa, de toute façon.

Elle n'était pas mal. Trente, trente-cinq ans. Elle s'appelait Amélie Chaussade. On pensait à *saudade* et avec ça si on avait le temps, on rêvait. Sombres cheveux courts, pull et pantalon moulants comme du temps de Jean Seberg qui vendait le *Herald Tribune* sur les Champs. Une fille qui hébergeait un type qui ne foutait rien de sa journée à part lire des policiers. Non, ça c'était un autre film.

– J'ai trop bu, insista-t-il.

Dans le fond, ce n'était pas ça le problème. Il avait toujours bien supporté l'alcool mais cette nuit, il avait voulu réagir comme un homme de vingt ans. Comme un cheval fou et fort. Un percheron maigre. Énergie épidermique. Le ridicule qui ne vous tue pas mais vous balance un direct dans l'estomac. Et vous vous sentez vivre. Mais non, inutile. C'était la dernière fois qu'on le surprendrait garde baissée. Pour autant, il ne regrettait rien, pas plus qu'il ne regrettait sa nuit avec Denise de chez TatouRage et son corps de percheronne maigre. En fait, un percheron maigre, ça existait. Il croyait se souvenir qu'il s'agissait du frison. Non. Dans cette variété-là, on avait des vaches, pas des chevaux. Tant pis.

– Je peux même vous dire que j'ai remarqué que nous aimions la même musique. Quand vous jouez du saxophone, c'est presque toujours des airs de Coltrane ou de Parker. Je les adore tous les deux.

Il n'eut pas envie d'attendre tout ce qu'elle pourrait inventer pour qu'ils finissent dans le même lit. Il n'était pas sûr de pouvoir supporter encore une fois qu'on le compare à un vieux Steve McQueen. Il dit en commençant à monter l'escalier :

– Excusez-moi tout de même pour le volume du saxophone. Bonne nuit, chère Amélie Chaussade. Je vais mettre mon pyjama.

– Prenez l'ascenseur, monsieur Clémenti. Je vous rappelle que vous habitez au quatrième.

– Je sais où j'habite, chère Amélie Chaussade, répondit-il gentiment. Mais j'ai peur des ascenseurs. Ils me donnent des idées bizarres.

– Et à moi, donc !

Chapitre 20

Clémenti fit sonner son réveil à six heures et déballa le *National Geographic* édition américaine qui traînait sur le buffet de cuisine depuis une semaine. Il survola un reportage sur les méduses tout en prenant son petit déjeuner. Elles étaient magnifiques. Des êtres translucides à la géométrie de galaxie. Pleines de vide, pleines d'eau. Danseuses des grands fonds entre beauté et laideur, prédateurs redoutables malgré leur cécité. *Jelly Fish*. Même le nom était joli. Il finit tranquillement sa dernière tasse de café et appela Louise sur son portable.

– Je te réveille ?

– Oui.

– Je ne m'excuse pas pour hier.

– Tu es encore saoul.

– Non. Et d'ailleurs, je ne l'ai jamais été. Tu sais ce que tu veux au juste ?

– Je veux que tu me respectes.

– En voilà une drôle d'idée, dit-il, et il raccrocha.

Elle était coincée au pied du mur. Le genre de choses qui ne pouvait pas arriver à une méduse gracile, toute molle et toute vive, transparente et aveugle.

Il se rendit en métro au quai des Orfèvres. Dans la rame, il réfléchit aux interrogations de Louise. « Tu ne trouves pas étrange qu'Ophélie ait changé à ce point après son accident ? » Et décida d'appeler le commandant Éric Corona. Il lui demanda d'envoyer un de ses hommes à l'hôpital pour avoir accès au dossier médical d'Olympia Reix et trouver les coordonnées du médecin ayant constaté le décès. Corona promit de faire au plus vite.

Il téléphona ensuite à Reix pour lui dire qu'il passait le voir. Le vieil homme n'était ni étonné ni agréable. Il répondit simplement qu'il fallait faire vite parce qu'il ne comptait pas rester chez lui toute la matinée. Mille choses à faire sans doute. Des amis à voir. Des piscines à traverser. Des souvenirs à éradiquer.

– Où est Kita ?

– Je ne sais pas, répondit Reix.

– Vous croyez que votre chat ne m'aime plus ?

– Je crois que Kita boude.

– Et vous ?

– Vous êtes vraiment un flic bizarre.

– Vous croyez ?

Reix haussa les épaules et s'assit dans un fauteuil des années quarante qui faisait partie d'un ensemble remarquable. Il y avait un rectangle sur la moquette à droite, près d'une fenêtre. Et, sous une nature morte au citron, quatre empreintes légères comme celles d'un daim. Traces de meubles vendus à regret. Une commode et une console apparemment. Clémenti n'y avait pas prêté attention lors de sa dernière visite. Lorsqu'il pensait que Reix et Donovan vivaient dans l'aisance.

– Vos affaires vont mal, n'est-ce pas ?

– On va remettre ça ! Mes affaires ne vont pas aussi bien qu'avant et puis quoi ! À mon âge, qu'est-ce que ça change ? Six heures d'interrogatoire rue de Penthièvre ne vous ont pas suffi, apparemment.

– Je voudrais revoir la chambre d'Ophélie.
– Et pourquoi donc ?
– Pour m'imprégner.
– Après ça on dira que c'est moi qui suis excentrique.

Ils enfilèrent le long couloir. Reix, l'air fatigué, marchait plus lentement. Il ouvrit la porte de la chambre mauve et laissa passer le commissaire. L'armoire était fermée et la corbeille à papier vide. Clémenti s'assit sur le lit, croisa et décroisa les jambes et dit :

– Il boude vraiment bien ce chat.
– Vous voulez prendre le thé ? demanda Reix sur un ton moqueur. Vous m'excuserez, mais je suis en rupture de gâteaux secs.
– Vous avez déclaré à Jude Morisset que vous connaissiez bien Xavier Bellache.
– J'ai même dit que Bellache était un ami.
– De longue date.
– Oui, de longue date. Où voulez-vous en venir ?
– Vous avez prétendu qu'Ophélie ne connaissait pas Bellache.
– Ma fille ne connaissait pas Bellache. C'est un fait.
– Moi, je l'imagine assez bien, petite, traînant dans l'atelier de la rue de Rome. Avec Olympia.
– Il n'était pas installé rue de Rome à cette époque-là.
– Ici ou ailleurs, peu importe. Les jumelles, je les imagine dans l'atelier touchant à tout. Vous avez dit qu'elles étaient très remuantes.
– Je l'ai dit.
– Vous avez offert un beau violon à Ophélie lorsqu'elle était encore une enfant. Celui que vous avez fracassé contre ce bureau.

Clémenti ouvrit l'armoire et trouva les débris du violon là où il les avait imaginés. Dans l'étui brun. Il ne voyait pas la femme de ménage d'un antiquaire jetant un violon, même en morceaux. Surtout une femme qui acceptait de venir travailler aux premières heures chez un vieux grognon. Une femme méticuleuse, même si elle avait permis à l'OCBC de poser ses micros dans les appartements des rues Saint-Dominique et de Bellechasse. Elle n'avait pas eu le choix. Et, d'après Morisset, Reix lui avait pardonné.

– Qu'est-ce que vous faites ? demanda Reix d'un ton sec.

– Je cherche l'étiquette. Tout violon porte l'étiquette du luthier qui l'a fabriqué. C'est une des choses que m'a expliquées le commandant Jude Morisset.

– Vous faites la paire, Morisset et vous. Ce ton doucereux qu'il prend pour questionner. Et vos manières suaves et trompeuses.

– Ce violon, vous l'avez acheté chez Bellache, monsieur Reix. L'étiquette est bien lisible à travers le trou des ouïes.

– Qu'est-ce que ça prouve ?

– Rien. Mais ça laisse supposer que votre fille connaissait Bellache. Et qu'elle n'a pas pu torturer et tuer un ami de la famille. Un infirme. Un artiste, comme elle. L'homme qui lui avait fabriqué un beau violon. Morisset dit que Bellache avait beaucoup de talent.

– Qu'en sait-il, votre Morisset ?

Clémenti sourit. Il échangea un long regard silencieux avec Reix. Ce dernier se leva et dit qu'il retournait à la cuisine. Il ne voulait pas rester un instant de plus dans cette chambre. Clémenti referma l'étui puis l'armoire avant de le suivre. Il le trouva debout, appuyé contre le gros radiateur de fonte, le regard vers les marronniers.

– Ou alors Bellache a fait quelque chose qu'Ophélie ne lui a jamais pardonné.

– Je ne vois pas.

– Mais vous admettez qu'ils se connaissaient.
– Elle allait le voir quand il y avait un réglage à faire. Ou une réparation. Quand elle a cessé de jouer, elle n'a plus eu de raison d'y aller.
– Même par amitié ?
– Je vous ai dit qu'elle avait toujours quitté son monde. Pourquoi Bellache aurait-il échappé à la règle ?
– Je vous le demande.
– Cette fois, je vous ai dit tout ce que je savais.
– Maintenant peut-être mais pourquoi avoir menti à Morisset hier ?
– Sans doute parce que contrairement à vous, il se fiche pas mal de savoir qui a tué ma fille.
– Est-ce que Donovan aurait pu tuer Ophélie ? demanda abruptement Clémenti.
– Bien sûr que non ! Donovan est un ange.
C'est bien le problème, se dit le commissaire en cherchant machinalement le chat des yeux. Le chat qui s'appelait Kita.
Kita. Quitta. Qui avait prénommé le chat Kita ? Martin Reix en pensant à Ophélie qui « quittait son monde » ?
– C'est vous qui avez choisi le nom de votre chat ?
– Oui, pourquoi ?
– Pour rien.
– Clémenti, vous êtes vraiment un flic bizarre. Vous vous en rendez compte, j'espère.
– Vous me l'avez déjà dit.
– Un thé ?
– Volontiers.

Clémenti ouvrit la boîte de boisson pour l'effort sportif achetée dans une épicerie sur le chemin de retour. Il but quelques gorgées en regardant son panneau de liège. La photo du trio Reix avait rejoint les sombres clichés tirés de la vidéo du pont de Grenelle. Punaisée juste à côté, Anita Scoli paraissait plus blonde que jamais par contraste. Puis le commissaire appela N'Diop et lui demanda de revoir en sa compagnie le film récupéré auprès de Dieudonné Miller, l'ancien flic de l'Antigang qui avait fondé Secury, la société qui assurait la surveillance de l'immeuble de Xavier Bellache.

N'Diop et Clémenti regardèrent l'homme de Net-service sortir les poubelles le mercredi 31 mai à six heures cinq. Puis les allées et venues d'une douzaine d'employés et de trois clients tous formellement identifiés. Enfin Ophélie Reix. Elle franchit le porche en utilisant le digicode qui était en fonction chaque jour, passé dix-huit heures. En haut de l'image, à gauche, en chiffres jaunes : 18 h 55 mn 12 s. Elle regardait droit devant elle, le visage neutre. Vu du haut – la caméra était fixée au ras du plafond –, son étui à violon faisait une masse noire et trapue. Elle s'arrêta devant l'interphone, appuya sur le bouton *Ateliers Bellache* et attendit qu'une voix graillonne : « Oui ? » Elle leva la tête vers la caméra, sourit et dit : « Ophélie. » Clémenti prit la télécommande pour un arrêt sur image : le visage d'Ophélie en contre-plongée qui souriait à la caméra. En haut de l'écran, on lisait : 18 h 55 mn 29 s.

– Qu'est-ce que vous en pensez, N'Diop ?

– Dieudonné m'a fait remarquer que c'était la première fois qu'il voyait quelqu'un lever la tête vers la caméra depuis que Secury surveille l'immeuble. C'est-à-dire depuis un peu moins de deux ans.

Les yeux d'Ophélie, ses anneaux aux oreilles, sa bille d'argent dans le creux du menton et son sourire ; un peu forcé en cherchant bien.

– Elle veut que cette caméra la filme, dit Clémenti.

– On a l'impression qu'elle croit que la caméra donne dans l'atelier du luthier et qu'elle lui adresse un sourire.

– Si elle connaît déjà l'atelier, elle sait que ce n'est pas le cas.

– Si elle n'est jamais venue, elle est très observatrice. Parce qu'elle lève le nez vers cette caméra sans hésitation. Pourtant Secury a choisi le matériel le plus compact et le plus discret possible.

Clémenti appuya sur *play*. Ophélie Reix marche vers la porte. Déclic du contacteur électrique de la porte d'entrée en fer forgé et verre, bruit de cette dernière qui se referme sur la jeune femme. L'horloge indique 18 h 56 mn 06 s. Plan gris d'une demi-seconde avant que l'infrarouge repère le corps d'Ophélie Reix et provoque le redémarrage de la caméra. L'horloge indique 20 h 14 mn 09 s. Ophélie Reix traverse tranquillement le hall, un étui noir dans chaque main.

– Elle n'a vraiment pas le genre d'une fille qui vient de découvrir un mort, dit N'Diop.

– Celui d'une tueuse de sang-froid, alors ?

L'interrupteur pour l'ouverture du porche se trouve à droite. Ophélie Reix se sert de son coude droit pour le déclencher, écarte le porche du pied et du coude gauches et sort.

– Les étuis l'encombrent, alors elle se sert de ses coudes, dit Clémenti.

– Elle aurait pu les déposer ou s'en coincer un sous le bras pour avoir au moins une main libre.

– Elle aurait pu. Mais son idée était peut-être de ne pas laisser d'empreintes. Les hommes de Sanchez n'en ont trouvé ni dans l'atelier, ni dans le hall de l'immeuble.

– Elle laisse voir son visage mais pas ses traces papillaires, dit N'Diop.

– On extrapole peut-être trop. Ophélie Reix se sert de ses coudes parce qu'elle est encombrée.

– Impossible de le savoir, en fait, dit N'Diop avec une grimace fataliste.

– C'est la première fois qu'on la voit sur la bande ?

– La commission Informatique et Libertés interdit de stocker des bandes plus de quinze jours. Secury n'a rien d'autre.

– Reix m'a avoué qu'elle connaissait Bellache. Est-ce que quelqu'un se souvient d'avoir vu Ophélie Reix sur l'écran un autre jour ?

– Dieudonné Miller et son neveu Bastien ont vu le visage d'Ophélie à la télé comme tout le monde, mais ça n'a pas fait tilt.

– Vous allez quand même y retourner, N'Diop. Demandez à Miller et à son neveu de réfléchir encore un peu.

– Je leur ai déjà consacré trois bonnes heures, patron. En tant qu'ancien de l'Antigang, Dieudonné se maîtrise si bien qu'il ne montre même pas qu'il est stressé d'avoir laissé un de ses clients se faire allumer. Et le jeune Bastien qui était de surveillance au moment du meurtre parle à peine.

– Que dites-vous, déjà, au Sénégal, à propos du passé ? « Si tu ne sais pas où tu vas…

– … retourne-toi et regarde d'où tu viens », patron.

– Eh bien voilà. Il faut retourner sur les pas d'Ophélie Reix pour savoir d'où elle vient, où elle va et tout ça nous aidera à savoir où nous en sommes.

– J'ai compris, patron, dit N'Diop avec un sourire moins ample que tout à l'heure. Je m'en retourne chez Secury.

– Excellent, N'Diop.

Clémenti quitta son fauteuil de bureau et alla jusqu'au panneau de liège. Il regarda la photo une fois encore. Les deux petites, treize ans à peine. La mère, la quarantaine ébauchée. On la voit de profil. Menue, élégante, les mêmes cheveux sombres que les jumelles. Mais plus de joliesse sans doute. On discerne jusqu'aux muscles de ses avant-bras, une main sur les touches, l'autre en l'air. Et le détail de ces deux petits visages aigus, heureux, semblables, innocents et déterminés. Mais déterminés à quoi ?

Le téléphone. Au bout du fil, Jean-Claude Kaufmann, médecin réanimateur à l'hôpital de la Grave à Toulouse.

– Je vous appelle de la part du commandant Corona.

– Merci d'avoir fait si vite.

– J'ai bien constaté le décès d'Olympia Reix en août 1991.

– Vous vous souvenez d'elle et de sa sœur ?

– Comme si c'était hier. Ces jeunes filles exactement semblables dont l'une était dans le coma et allait mourir. Ça a duré plusieurs jours pendant lesquels la survivante n'a pas quitté la mourante. Elle avait demandé un lit dans la même chambre. Je me souviens vraiment bien de cette fille.

– Ophélie.

– Oui, Ophélie Reix. Elle parlait doucement à sa sœur comme si elle priait, comme si jusqu'au bout elle avait espoir de la ranimer.

– Vous souvenez-vous d'une toxicomane ? Anita Scoli. Ophélie Reix l'avait rencontrée à l'hôpital.

– Ça ne me dit rien.

– Et le père, Martin Reix, vous l'avez vu ?

– Non. Mais maintenant que vous m'en parlez, quelque chose me revient.

– Quoi donc ?

– L'hôpital a essayé de le joindre.

– Et alors ?

– Il était en déplacement à l'autre bout du monde. Je ne sais plus où. Quand on a enfin réussi à le prévenir, il était trop tard. Sa fille était morte.

– Vous voulez dire que personne n'est venu ?

– Si. Le mari de la survivante. Mais il est resté peu de temps. Je crois me souvenir qu'Ophélie Reix a voulu rester seule avec sa sœur.

En raccrochant, le commissaire se dit que cohabitaient de multiples images d'Ophélie Reix. Ophélie interprète Ravel en trio. Mais aussi : Ophélie prend un bain de formol, Ophélie et les nains de jardin, Ophélie danse au peep-show, Ophélie fait la foire au Nutella, Ophélie fait l'homme. Et encore : Ophélie sous vidéosurveillance, les coudes d'Ophélie, Ophélie parle à sa sœur mourante, Ophélie en veut à mort à son père, Ophélie meurt à son tour sur une croix argentée entre Visitation et Ascension. Tant d'images et combien de simulacres ? Serge Clémenti alla ouvrir en grand les fenêtres de son petit bureau et, malgré l'heure matinale, alluma enfin le Romeo y Julieta exhibé le samedi précédent sous les yeux étonnés de Gérard Gropiron.

Chapitre 21

Gregory Patte observait le visage d'Ophélie Reix tendu vers l'œil de la caméra de surveillance, la bouche figée en cercle sur le O de son prénom.

– Je suis effondré, dit-il à Clémenti.

Ils étaient tous deux assis autour de la table en Formica d'une vaste cuisine meublée de bric et de broc. Avec ces meubles 1960 aux couleurs criardes, ce mur audiovisuel couvert de peluche mauve supportant une télé à écran géant, on était loin de l'ambiance de la rue de Bellechasse.

– Je ne saisis pas ce qu'elle foutait chez ce type, reprit Patte.

– Elle ne vous avait pas parlé de Xavier Bellache ?

– Jamais !

– Pourtant, elle le connaissait depuis l'enfance.

– Elle n'aurait pas fait de mal à qui que ce soit, dit-il en appuyant sur *play* : (« … phélie », articula-t-elle avant que Bellache ne déclenche l'ouverture de la porte).

– D'où venait-elle quand elle vous a rejoint à Ivry ?

– De Montreuil, je pense. Tommy, Luce et moi étions partis en éclaireurs pour déballer le matériel, installer l'éclairage sur le canot.

– Comment est-elle venue ?

– En voiture.
– Laquelle ?
– Celle de la tribu, répondit Patte en appuyant sur *rewind*. On avait loué un camion pour le matériel.
– Vous avez vu la voiture ?
– Bien sûr ! Elle l'avait garée sur le quai.
– Que portait-elle ?
– Un jean, un T-shirt noir. Celui que j'aimais bien avec cette phrase en toutes petites lettres blanches : « Le Beau est toujours bizarre. »
– Ce n'est pas celui qu'elle porte sur la vidéo de surveillance, dit Clémenti. Comment expliquez-vous ça ?
– Pas mieux que le reste. Elle a pu se changer dans la voiture ou repasser par Montreuil avant de venir ici. Mais franchement, je ne la vois pas abattre ce pauvre type, aller se changer comme si de rien n'était, et nous offrir à Ivry ce visage radieux qu'elle n'avait que lorsqu'elle s'enthousiasmait pour un projet.
Gregory Patte appuya une nouvelle fois sur *play* et ajouta :
– Là, en plus, elle a l'air de se foutre de nos gueules à tous. Ça n'a pas de sens.
– Même si le beau est toujours bizarre ?
– Clémenti, faites-moi une faveur. Arrêtez avec votre obsession du victim-art.
– Il vous arrivait de parler du travail de son père et de son ex-mari avec elle ?
– Non. Leur commerce ne l'intéressait pas.
– Votre ton suggère qu'elle le méprisait.
– Il lui arrivait de parler des marchands d'art, des faussaires et des escrocs. En général.
– Elle considérait son père et son ex-mari comme des escrocs ?
– Elle n'a jamais dit ça. Et moi non plus.

Patte dit qu'il ne supportait plus de regarder ça et éteignit le téléviseur. Il demanda :

– Vous croyez que Bellache était un receleur ?

– C'est possible. Vous n'avez vraiment rien de plus précis sur les marchands, les faussaires et les escrocs *en général* ?

– Non.

Clémenti réfléchit un instant et dit :

– Elle n'a jamais souhaité travailler sur le thème de l'escroquerie en art ?

– Maintenant que vous le dites…

Il se tut, ses mains jouaient nerveusement avec la télécommande. Clémenti attendit, se demandant pourquoi Patte d'habitude si prolixe avait décidé de se faire interroger aux forceps aujourd'hui. Il se frotta la racine du nez et se dit : J'ai comme un petit coup de fatigue. Une boîte de boisson énergétique pour l'effort sportif serait la bienvenue. Il y en avait peut-être dans le réfrigérateur tribal.

Patte se détendit. Lui vint un sourire. Celui de la nostalgie des bons moments avec Ophélie. Il dit :

– On n'avait jamais évoqué de projet précis mais je m'attendais à ce qu'elle me dise un jour ou l'autre qu'on allait s'attaquer au thème du faux en art ou à celui du trafic.

– Elle vous avait parlé du stradivarius volé ?

– Non.

– Son père dans la partie, elle-même violoniste, elle aurait pu…

– Vous n'y êtes pas du tout ! Le faux, le vol, elle s'en fichait. Ce qui l'intéressait, c'était le problème de la sincérité de l'artiste.

– La sincérité de l'artiste.

– Bien sûr. Attendez ! Je viens de me souvenir d'un numéro d'*Art Press* qui traîne encore dans sa chambre.

Clémenti en profita pour détailler ce qui remplaçait le lustre : un mobile réalisé en boîtes de sardines. Bizarrement beau. Et sûrement sincère. Patte revint avec le magazine, le feuilleta et montra une phrase surlignée en jaune fluo.

– C'est une déclaration de l'artiste américain Jeff Koons, le roi de la provocation. Il avait même épousé la Cicciolina. Ses œuvres se vendent à des prix obscènes.

Clémenti lut à haute voix :

– *La contradiction est un outil puissant. On ne peut pas libérer tout le monde. Ma personnalité est profondément contradictoire. En partie, je suis un escroc. Mais je possède aussi une intégrité qui apparaît dans mon œuvre.*

– Ophélie n'était pas une théoricienne de l'art, ajouta Patte. Elle travaillait sur l'émotion. Si elle a surligné ce passage, c'est parce que le problème de la sincérité et de l'intégrité était au centre de son œuvre. Mais je ne la vois pas pousser le bouchon jusqu'à flinguer un receleur.

– Il n'y a personne d'autre qu'Ophélie sur la vidéo de Secury pendant le temps estimé par le légiste.

– Qu'est-ce que vous voulez que je vous dise !

– Appelez-moi si un détail vous revenait.

– Bien sûr que je vous appellerai si un détail me revient. Vous avez de ces formules toutes faites, quelquefois !

– Est-ce que vous m'autorisez à vous emprunter votre cuisine encore un peu ?

– Il y a du saucisson, du guacamole et du pâté de canard au poivre vert dans le frigo, et du pain emballé dans un torchon.

– Je n'ai pas faim, merci, mais j'aimerais réfléchir tranquillement devant cette vidéo de surveillance, répondit Clémenti en actionnant la télécommande. Vous avez peut-être une boisson pour l'effort sportif ?

– Chez nous, personne ne fait de sport.

Patte était parti se recoucher et Clémenti regardait à son tour une image fixe. Celle d'une Ophélie Reix évoquant un triangle isocèle avec un étui à violon dans chaque main. Il remit la vidéo au point de départ. Ophélie entre, passe le porche. Ophélie sonne à l'interphone, regarde la caméra. Le compteur de la vidéo de surveillance tourne : dix-huit heures cinquante-cinq quand Bellache ouvre à Ophélie ; vingt heures quatorze lorsque Ophélie ressort avec ses étuis. Ce mercredi soir 31 mai, il fallait quarante à cinquante minutes pour rallier Ivry-sur-Seine en voiture. De quoi arriver à l'heure au rendez-vous fixé à vingt et une heures trente sous les ponts Nelson Mandela. Et peut-être celui de faire un détour par Montreuil pour se changer.

La sonnerie de son mobile interrompit Clémenti.

– Je sors de chez Secury, patron. Les dictons sénégalais ont du bon.

– Je me tue à vous le dire. Quoi de neuf ?

– Un con. Vingt-trois ans. Il a à peine servi.

– Bastien, le neveu de Donatien ?

– Exact. Il vient de terminer une formation chez Dansa Vision.

– Dansa Vision ?

– Cette boîte fournit en équipements de surveillance électronique une cohorte de supermarchés et de sociétés. Dont Secury. Dieudonné Miller laisse à son neveu les problèmes de réglage du système. Eh bien le môme s'est planté sur un détail.

– Lequel ?

– L’heure d’été.

– L’heure d’été !

– L’ordinateur lui a demandé l’avant-dernier week-end de mars s’il acceptait le changement d’heure d’été. Au lieu d’entériner la proposition de la machine, Bastien a voulu peaufiner. Il a appelé l’horloge parlante pour vérifier qu’il était bien dix heures comme le proposait l’ordinateur. Mais pour l’horloge, il était 9 h 59. Alors Bastien a entré l’heure lui-même dans l’ordinateur et s’est planté. Il a tapé 8 h 59.

– Au lieu de 9 h 59.

– Parce que entre un 9 et un 8…

– Il a avancé l’horloge de la vidéo de surveillance d’une heure.

– Tout juste.

– J’ai du mal à croire que ni Dieudonné ni son neveu n’ont vérifié l’heure par la suite ! dit Clémenti en consultant son agenda. L’avant-dernier week-end de mars tombe le 19. Du 19 mars au 31 mai, il s’est quand même passé du temps.

– L’écran de surveillance est fractionné en autant de lieux à surveiller. C’est-à-dire une vingtaine d’immeubles pour Secury. L’heure s’inscrit en petits chiffres jaunes sur les images.

– Je sais ça par cœur. Ophélie est filmée sortant du 45, rue de Rome à vingt heures, quatorze minutes et neuf secondes.

– On ne prête attention à ces chiffres qu’en cas de problème. Or avant l’affaire Bellache, c’était le calme plat du côté des immeubles surveillés par Secury.

– J’ai toujours beaucoup de mal à croire que personne n’a rien remarqué.

– Et vous avez raison, patron. Le môme a balisé un

bon moment. Il s'était rendu compte de son erreur après la découverte du corps de Bellache puisqu'en regardant les bandes comme un fou, il a fini par remarquer que le type de la société de nettoyage était drôlement en avance pour sortir les poubelles. Six heures du matin, c'est de l'excès de zèle !

– Et il n'a rien dit à Dieudonné Miller.

– Dommage pour lui parce que ça a chauffé. On l'a cuisiné en tandem et il a fini par se lâcher. Ensuite, Dieudonné lui a retourné une baffe et lui a dit qu'il était le même con que son père. Le mari de la sœur de Dieudonné.

– Bon, on s'en fout de la sœur de Dieudonné. Vous me convoquez Bastien et son oncle pour le procès-verbal.

– C'est déjà fait, patron.

– Il va nous falloir réfléchir férocement, maintenant, N'Diop.

– Je m'en doute bien, patron.

– Parce que personne ne peut être au même moment dans deux endroits différents. À part dans les vieilles légendes sénégalaises, peut-être ?

– Vous savez, patron, de nos jours, même les gamins ont cessé d'y croire.

Clémenti décida d'aller réveiller Patte une nouvelle fois et de lui demander ce qu'il pensait de ça : Ophélie Reix, en plus de ses nombreux talents, avait le don d'ubiquité. Elle est filmée sortant de chez Bellache après l'avoir abattu. Autrement dit à vingt et une heures quatorze, elle est encore rue de Rome dans le 17e arrondissement. À vingt et une heures trente, elle retrouve sa tribu à Ivry-sur-Seine, gare sa voiture sur le quai bordant les ponts Nelson Mandela. Le trajet lui a pris seize minutes en tout et pour tout.

Impossible. Sauf en hélicoptère.

Malgré le manque de sommeil, le visage de Patte s'éclaira avec une sincérité qui ne s'inventait pas. Il prit même Clémenti dans ses bras pour une accolade lui laissant voir de très près la phrase tatouée sur son crâne qui avait besoin d'être rasé et piquait un peu. Et si ça signifiait « Buvez Coca-Cola » en sanskrit ? se dit le commissaire avec un sourire intérieur.

Chapitre 22

Donovan dormait encore. Louise chantait sous la douche et se massait les épaules. L'absence d'exercice l'engourdissait un peu, il fallait bien l'admettre.

Elle sortit tout habillée de la salle d'eau et trouva Scherrer debout dans la cuisine, occupé à faire du café. Sur le plan de travail, un sac en papier marqué de deux auréoles grasses. Des croissants au beurre, pensa-t-elle. Classique.

– J'ai frappé avant d'entrer, dit-il sur un ton d'excuse.

– Pas grave. De toute façon, je chantais à tue-tête sous la douche.

– Je m'en suis rendu compte. C'est quoi cette chanson ?

– *To bring you my love* de P.J. Harvey.

– Tu l'aimes, cette P.J. Harvey ?

– Non. Dans son répertoire, je n'aime que cette chanson.

– Tu chantes bien.

– Penses-tu.

– Il n'y a pas de vaisselle dans l'évier, je suppose que tu n'as pas encore pris ton petit déjeuner.

– Ton sens de la déduction est intact.

– Intact par rapport à quoi ?

– Les gens tombent fréquemment amoureux au détriment de leur intellect. Il me semble que c'est ce qui t'arrive. Sinon que ferais-tu ici à une heure pareille ?

– Tu n'y vas pas de main morte, dis donc !

– Je préfère que tout soit clair.

– Tout est clair ! J'ai besoin de toi et tu as besoin de moi. Devine pour quelle raison.

– Le sexe ?

– Pour réfléchir. À deux, nous faisons des étincelles. Séparément, nous sommes moins bons.

– Tu es donc ici pour les besoins de l'enquête.

– Comme toi. On le prend, ce petit déjeuner ?

Louise écouta Emmanuel Scherrer lui raconter sa rencontre avec Clémenti. Contrairement à Morisset, il ne voyait pas Ophélie Reix assassiner le luthier Bellache. Le visage de Scherrer était neutre mais elle se doutait bien qu'il jouait au petit pervers. Raconter la vie et les œuvres de son rival à la femme convoitée. Pas mal. Mais si Scherrer voulait devenir romancier, il valait mieux qu'il jette ses noirceurs sur papier ; ça leur conférerait au moins une certaine beauté. Malgré cela, elle continuait de l'écouter car elle aimait les gens fantaisistes. Et Scherrer avait raison : à deux, ils se stimulaient intellectuellement.

Scherrer regarda sa montre. Il était là depuis longtemps. Les croissants n'étaient plus qu'un souvenir. Elle avait mangé de bon appétit – il n'aimait pas les filles au régime. Quant à lui, il ne se gênait plus pour se nourrir des mille expressions de son visage – Louise l'avait mis à l'aise en pointant son désir. À présent, il la sentait elle aussi plus décontractée. De temps à autre, elle lui adressait d'affectueux coups d'œil. Et le fait qu'elle lui soit rentrée dans le lard offrait un avantage supplémentaire : il pourrait faire de même l'occasion venue. Scherrer osa enfin lui demander ce qu'elle avait à la joue. Louise assura s'être griffée en s'endormant avec les écouteurs. Il n'en crut pas un mot. Ils se turent un bon moment. Un silence confortable – Scherrer détestait les filles qui parlaient trop. Il dit :

– Dimanche, j'ai vu une expo sur l'histoire de la photo judiciaire à l'Hôtel de Sully.

– Intéressante ?

– En 1832, on a cessé de marquer les bagnards au fer rouge.

– Un bon mouvement.

– Mais Lombroso, un des premiers criminologues, continuait de réfléchir au marquage. Pour lui, le tatouage était signe de délinquance. Il a fait photographier des tatoués à la pelle. On voit un type avec un couteau qui semble lui traverser le cœur. Un autre a un œil sur chaque fesse. Mais ça n'est pas le plus intéressant.

– Non ?

– Le plus intéressant, c'est la coïncidence. Dans la salle d'à côté, il y avait une autre expo pour laquelle je ne me serais jamais déplacé sans ça. Des photos de l'Américain Witkin inspirées d'œuvres d'autres photographes célèbres. L'une d'elles m'a intrigué.

– Laquelle ?

– Celle où Witkin donne sa version de la femme-violon de Man Ray.

– Une femme nue, assise, avec des ouïes dessinées dans le dos. C'est ça ?

– Oui, une photo tendre et très sensuelle.

– Et celle de Witkin ?

– La posture est identique mais la femme a le crâne rasé et porte une ceinture métallique. Deux horribles cicatrices remplacent les ouïes. Ça s'appelle *La femme qui fut oiseau.*

– Et alors ?

– Alors cette image me travaille.

– Parce qu'elle te fait penser à Ophélie ?

– Oui, à ce qu'elle faisait à son corps. C'est lointain mais il y a un fil. Je tire dessus depuis dimanche.

Louise réfléchit un moment et demanda :

– Tu crois que certains collectionneurs aiment les violons parce qu'ils évoquent des corps de femme ?

– J'en suis certain. Les collectionneurs sont rarement musiciens. Ils aiment le violon en tant qu'objet mais pour des raisons complètement différentes de celles des violonistes.

Quelques minutes plus tard, Louise et Scherrer étaient assis côte à côte devant l'ordinateur portable. Ils étudiaient *Violon d'Ingres*, photo datée de 1924, sur le site du Net consacré à Man Ray. Kiki de Montparnasse au sommet de sa gloire : chevelure dissimulée dans un turban, impertinence des ouïes noires sur peau de lait, croupe généreuse. « On dirait une odalisque mais qui se serait échappée de son harem », fit remarquer Scherrer. Ils naviguèrent encore et trouvèrent *La femme qui fut oiseau*, un cliché de 1990. Une tout autre époque que celle de Man Ray et des surréalistes. « La cruauté a remplacé la tendresse », déclara Louise. Et ils tombèrent d'accord pour dire que l'ambiance créée par Witkin rappelait le travail d'Ophélie Reix. Et toutes ces histoires de laideur belle et de beauté du glauque.

– Tout ça est bien joli mais je ne vois toujours rien venir, dit-elle.

– Moi non plus.

– Tu ne vas pas travailler, Emmanuel ?

– Je travaille, Louise.

Plus tard encore, ils étaient assis sur le matelas occupés à un médiocre concours de ronds de fumée.

Il n'y avait rien à tirer de ces incontrôlables volutes. Et Donovan dormait toujours.

– Ophélie portait un tatouage avec un ange et une sirène, dit Scherrer.

– Je l'ai vu en photo, répondit Louise.

– Et si on disait que la femme-oiseau est plutôt un ange ?

– Un ange à qui on a coupé les ailes.

– À moins que ce soit une automutilation.

– Ophélie ne se mutilait pas, dit Louise. Au contraire, elle en rajoutait.

– Des barres en Téflon sur la poitrine.

Louise se redressa pour écraser son mégot dans le cendrier. Il s'imagina traçant du doigt deux ouïes sur son dos. Celle de droite un peu plus haute que celle de gauche.

– À quoi penses-tu, Louise ?

– Depuis un moment, aux photos vues au domicile d'Ophélie Reix et de sa tribu. Elles la montrent avec son étui à violon, prête à partir pour Tokyo.

– Elle a souvent pris l'avion pour le Japon ces deux dernières années.

– Avec quel fric ?

– Celui d'un mécène qui aime ses performances. C'est un copain de Norio Murakami du musée d'Anatomie de l'école de médecine de Tokyo à qui Ophélie a légué son tatouage. Et un homme d'affaires spécialisé dans les emballages design en plastique. Les Japonais adorent emballer. Ce type est donc très riche.

Elle se leva, s'étira, fit quelques pas, joua un peu avec ses cheveux mousseux de la couleur d'un pelage d'ours. À contre-jour, cette robe beige légèrement transparente, ces sandales délicates semblaient faites d'une matière biologique. Et la moquette aussi d'ailleurs.

Scherrer imagina une scène de science-fiction où tous les atomes contenus dans l'espace restreint de ce bureau se recombinaient. Louise devenait une divinité aux sandales ailées marchant sur des nuages ; un corps plus androgyne et un visage presque identique au vrai mais ce *presque* faisait toute la différence. Comme ces jumeaux qui, lorsqu'on les observe bien, ont quelque chose de différent. Mais quoi ? Pensive, elle continuait d'aller et venir, il la suivait du regard. Elle s'arrêta :

– Emmanuel !

– Quoi ?

– Imagine !

– Oui.

– Je pense à l'ange coupé en morceaux.

– En trois morceaux, dit-il. Le corps et les deux ailes.

– Un violon fait penser à un corps de femme.

– Encore plus depuis Man Ray.

– Imagine seulement que le Habeneck ne s'est pas envolé en un seul morceau.

– Oui.

– Imagine qu'on l'a découpé. C'est possible ?

– Découper, c'est risqué. Il vaut mieux démonter.

– Ça se fait ?

– Un luthier peut démonter un violon en plus de soixante-douze pièces si ça lui chante.

– On passe les pièces une à une. À l'arrivée, un bon artisan remonte le Habeneck !

– Pas mal, Louise.

– Oui, mais il y a le vernis.

– Le vernis ?

– Je suppose que le démontage abîme le fameux vernis italien.

– Pas si on démonte au niveau des jointures en quelques grosses pièces.

– Combien ?

– Quatre, je dirais. Le fond, la table, les côtés ou éclisses, la tête.

– C'est tout ?

– La touche, les chevilles, les cordiers sont rarement d'origine.

– Oui, mais ces quatre pièces, on les passe comment ? Un morceau de violon dans une valise, ça surprend.

– C'est le problème, dit Scherrer en s'allongeant.

Il pensa un instant qu'elle allait venir s'installer à ses côtés. Pour réfléchir mieux. Mais non, elle continuait de déambuler.

– Et si tu nous refaisais du café ? proposa-t-il.

Pendant qu'elle s'exécutait de bonne grâce, il voulut savoir si Donovan dormait toujours et alla à la fenêtre regarder son salon. Monacal à part le canapé rouge qui créait une tache rebelle dans le décor. Évacué, le superflu. Restait la chambre pour le sexe faible. Et la chambre forte pour les instruments fragiles. Brusquement, Scherrer crut réentendre Clémenti dire à Morisset : « Rien n'a été volé chez Xavier Bellache. Toutes les belles pièces étaient là ainsi que cinq violons de Mirecourt. »

– Tu en fais une tête ! dit Louise qui arrivait avec la cafetière.

– On monte les pièces du Habeneck sur des violons bas de gamme de la même couleur ! À l'arrivée, on démonte et on recolle. Si c'est bien fait, le vernis reste impeccable.

– Des violons bas de gamme ?

– Les violons de Mirecourt que Bellache n'avait aucune raison d'entreposer dans sa chambre forte.

– Emmanuel, je crois qu'on tient quelque chose.

– Quand je te disais que je travaillais !

Ils furent interrompus par le téléphone. Louise parla à un dénommé Claude. Souhaitait-elle qu'il reprenne la planque ce week-end ou pouvait-il emmener une fille en Normandie ? Le gars devait suivre les émissions du traducteur pour sourds car Louise parlait fort. Au milieu de cette conversation qui en valait bien d'autres, le mobile de Scherrer sonna à son tour.

– Capitaine Scherrer ? Serge Clémenti à l'appareil. Je cherche à joindre Morisset. Vous savez où il est ?

– Non, mais je peux le savoir et lui transmettre votre message.

– Dites-lui qu'Ophélie Reix n'a pas pu abattre Bellache.

– Comment ça ?

– Ce n'est pas elle sur la vidéo de Secury.

– Quoi ?

– Elle n'a pas pu se trouver dans le 17ᵉ et à Ivry en même temps. On a fait des vérifications. La vidéosurveillance de l'immeuble avançait d'une heure…

– Mais ça m'est égal, Claude ! Emmène-la au bord de la mer ! À ta place, je n'hésiterais pas, mon vieux.

– Je vais joindre Jude et lui demander de vous rappeler, dit rapidement Scherrer.

– Et puis tu lui raconteras le Débarquement. C'était le 6 juin 44, rappelle-toi !

– Merci infiniment, capitaine, dit Clémenti d'une voix glaciale avant de raccrocher.

Scherrer attendit que Louise ait fini sa conversation avant de lui expliquer ce qui venait de se passer. Ophélie Reix n'avait pas tué Bellache ; Clémenti était furax. Il s'attendait à ce qu'elle s'énerve. Elle le fixa un instant avec un regard sans expression et lui demanda s'il voulait enfin son café avant qu'il ne refroidisse. C'est une bonne idée, répondit-il. En suivant les gestes plutôt gracieux qu'elle avait pour remplir leurs tasses, il réécrivit en vitesse la scène dans sa tête. Elle se tourna vers lui alors qu'il s'imaginait embrassant son visage en pleurs tout en la déshabillant. Elle lui dit :

– Si Ophélie n'a pas tué Bellache mais assuré le passage en morceaux du strad, c'est peut-être bien la même personne qui les a tués tous les deux.

– Quelqu'un qui n'était pas Ophélie Reix mais avait son visage.

– J'avais suggéré à Serge de vérifier cette histoire de sœur jumelle mais il m'a envoyé paître, dit-elle en passant le doigt sur la griffure qui marquait sa joue.

Emmanuel Scherrer comprit soudain pourquoi Louise n'était pas plus bouleversée que ça par la mésaventure téléphonique. Il y avait de l'eau dans le gaz avec Clémenti. Il se sentit heureux. Il se sentit égoïste. Elle lui sourit d'un air moqueur avec l'air de comprendre tout ce qui se passait dans sa tête. Qu'est-ce qu'elle est énervante, se dit-il en allant déposer les tasses vides à côté de l'évier. Dans cinq minutes, il serait parti. En route pour l'OCBC et le bureau de Jude Morisset sûrement en conférence avec le grand patron et injoignable au téléphone. Cinq minutes de plus dans cette putain de planque et je te la plaque sur le matelas pour le meilleur et pour le pire, se dit-il en baissant les yeux pour ne plus voir ce visage. Un mélange de Françoise Dorléac dans *L'Homme de Rio* et de Jodie Foster dans n'importe quel film. Infernal.

Chapitre 23

Volets fermés, fenêtre ouverte, Gérard Gropiron prenait un bain avec ses lunettes de plongée à verres fumés. Il aimait garder la tête sous l'eau pour les sons et les images bizarres mais détestait avoir les yeux qui piquent. Pour s'immerger dans sa baignoire sabot, il fallait qu'il se contorsionne, qu'il se fatigue. S'il avait réussi à soutirer le fric à la folle, il se serait acheté un appartement avec une vraie salle de bains et une vraie baignoire. Équipée de jets sous pression. Il avait fait une connerie avec cette idée gore du sang à la place de l'encre. Pour lui foutre la trouille. C'était raté. Rêve en miettes. Mais tant pis. Il refit surface.

Ce fils de pute d'Emilio mettait du temps à arriver. Un sacré connard de Rital toujours en train de rigoler. Il débarquait avec ses films de Jean-Claude Van Damme et de Sylvester Stallone et ils regardaient ça toute la nuit. En rigolant. Gropiron avait été viré de la clinique mais Emilio y travaillait encore : à coup sûr, le Rital allait lui raconter tous les potins sur la vioque du 32 ou le pédé du 14. Rien à foutre mais il fallait se farcir tout ça pour mériter le reste.

Emilio avait promis du crystal de bonne qualité. Ce soir, ils allaient se soigner comme des rois. Le Rital n'arrêtait pas de dire que Jean-Claude Van Damme était un type incroyable. Il voulait repasser plusieurs fois les mêmes séquences. Ils avaient vu cent mille fois celle où l'acteur fait le grand écart sur un rail de chemin de fer, les roustons au ras du sol. Emilio se tortillait en criant : je suis fan de ce mec ! C'était son côté gonzesse au Rital, mais on s'en foutait. Le Rital avait toujours de la bonne came.

Gropiron se dit qu'il préférait nettement Johnny Halliday à Jean-Claude Van Damme. Nettement. Le rocker éternel qui devenait chaque année plus beau. Près de soixante balais et toujours la grande classe. Surtout depuis qu'il portait le bouc. Il tira sur l'élastique des lunettes pour les réajuster, prit une inspiration et glissa sous la mousse. Il chanta, les mots amarrés entre ses dents serrées. *Retiens la nuit !* C'était marrant. *Retiens la nuit !* On ne comprenait plus rien. L'eau bouffait les sons et faisait n'importe quoi avec. L'eau lui permettait de penser moins. De penser moins au crystal.

Retiens la nuit ! Et nous irons jusqu'au bout du monde ! ou quelque chose comme ça. Jusqu'au bout. Jusqu'au bout du crystal du Rital. Gropiron se dit qu'il resterait bien dans le bain en attendant que l'autre arrive. S'il remettait de l'eau chaude régulièrement, il pouvait tenir une bonne heure. Mais ça manquait de stimulant. Il y avait une solution : sortir vite fait de la baignoire, courir jusqu'au frigo récupérer quelques canettes et revenir les siffler pépère dans l'eau. Une heure, cinq ou six bières, histoire d'être bien relax quand Emilio se pointerait. Le Rital ne restait respectueux que si on lui montrait qu'on était relax. Justement, dans les films qu'aimait le Rital, il y avait des mecs qui en recevaient d'autres chez eux alors qu'ils étaient dans leur bain. Comme pour dire : j'en ai rien à foutre de vous montrer mes fesses, je vais pas me gêner pour vous, bande de nuls. Gropiron repiqua une tête.

Un peu plus tard, il fit un aller-retour jusqu'à la cuisine et laissa des flaques tout le long du chemin. Peut-être bien qu'Emilio se casserait la gueule là-dessus. Ou alors, il essuierait avec une serpillière. Une fois, le Rital avait fait la vaisselle alors qu'on lui avait rien demandé. Ce mec avait *vraiment* un côté gonzesse. Gropiron éteignit la lumière de la salle de bains pour créer une ambiance plus sympa et essayer de voir des trucs encore plus bizarres sous l'eau. Il entra dans la baignoire en éclaboussant le carrelage. Plus il y pensait, plus il avait envie de demander au Rital de passer la serpillière. Juste pour voir jusqu'où il était capable d'aller.

Tête sous l'eau, Gropiron se mit à bouger les jambes. Des petits battements pour entendre des *bloub bloub bloub*. Il se dit : j'ai oublié l'ouvre-bouteille, il va falloir ressortir ! Il entendit un bruit. Une perceuse ? Retint sa respiration pour entendre mieux. Une bagnole ? Gropiron habitait au rez-de-chaussée. Chaleur à crever toute la journée, oublié de refermer la fenêtre sur rue. Le ronronnement toujours là. Un mec lui piquait sa télé pendant qu'un autre faisait le guet en bagnole !

Gropiron émergea. Quelqu'un debout, une perceuse en main qui tourne au ralenti. Gants en plastique ! Il pensa à Emilio déguisé en gonzesse. Sombre Emilio avec le verre des lunettes de plongée. Gropiron les arracha, gueula : « T'es con ou quoi ! »

Un masque. Celui de la tronche de la folle. Pas la même taille ! Un homme ? Ou alors, c'est vraiment elle. Elle vient se venger. Le trouer à la perceuse ! Non, c'est un sèche-cheveux ! Gropiron un pied hors de l'eau. Envol du sèche-cheveux.

Bras en l'air, il veut retenir la nuit.

L'homme implose. Destruction par l'intérieur. L'homme retombe. Gerbes d'eau. Assis dans sa petite baignoire, terminé.

On débranche. On enlève le sèche-cheveux et sa rallonge électrique. Récupérer tout, en tirant lentement. Coulisse glisse bord blanc baignoire. On va essuyer les flaques du couloir. Avec la serviette laissée par le garçon de salle sur le lavabo. Il en a mis partout et on a marché dedans. Après on pose la serviette par terre pour qu'elle mange nos traces pendant qu'on lui remet ses lunettes. Beaucoup mieux avec que sans. Cyborg. Toujours eu un faible pour les cyborgs. Ils tardent trop, le futur n'en finit plus d'arriver, il faut donc se les fabriquer soi-même. On roule la rallonge, on roule le fil du sèche-cheveux autour du manche. On met tout ça avec la serviette et les gants dans un sac Fnac.

Sortir par la fenêtre. Des passants mais loin. Une cabine téléphonique vide. Personne ne voit rien. Tout le monde parle, parle, parle et ne dit jamais rien de vrai. En marchant dans la rue, on repense à cette scène. Pas besoin de la réécrire, elle est bien. « L'homme implose. Destruction par l'intérieur. L'homme retombe. Gerbes d'eau. Assis dans sa petite baignoire, terminé. On débranche. On enlève le sèche-cheveux et sa rallonge électrique. Récupérer tout, en tirant lentement. L'homme implose. Destruction par l'intérieur… »

Chapitre 24

Un homme qui parle si bien des violons, une femme qui parlait si bien de son époque. D'après Scherrer, Christian Donovan et Ophélie Reix s'étaient retrouvés à Tokyo à plusieurs reprises. Elle y faisait ses performances. Il y rencontrait ses clients nippons. Leur présence simultanée là-bas ? Ils avaient toujours gardé de bons rapports. Voilà tout. Personne n'aurait imaginé leur duo en contact avec un collectionneur égoïste prêt à emprisonner le Habeneck jusqu'à ce que mort s'ensuive. Elle entendait encore Donovan au téléphone avec Cécile : « Tu le sais sans doute : un violon se bonifie avec les années. Mais si on l'enferme dans un coffre, même le plus grand des strad meurt à petit feu. »

Qu'est-ce que tu fous au juste, Christian ?

Louise réfléchissait tournée vers l'appartement plongé dans l'obscurité ; le téléphone avait sonné plusieurs fois. Donovan était parti vers quatre heures pour assister au concert d'une violoniste autrichienne chez un particulier. Il était plus de vingt et une heures et il n'était toujours pas revenu. Elle en avait plein les yeux et plein le dos de ce décor, se dit qu'un jour elle pourrait s'arranger pour croiser Donovan dans la rue, à l'air libre, créer les conditions d'un échange de regards. Un vrai, entre deux personnes qui vivent dans le même espace-temps.

Sans le filtre d'une caméra, d'une paire de jumelles, d'une baie vitrée. Pourquoi pas. Ce serait déjà ça de pris. Mais pour en faire quoi ?

Puis Louise pensa à Clémenti. Il l'avait plaquée un jour parce qu'elle l'avait trompé avec un ancien amant, le journaliste de *Libération*. Elle s'était lancée à corps perdu dans une enquête[1] dangereuse et mal payée parce que c'était la seule solution pour continuer à vivre sans lui. Est-ce que Clémenti était une fois encore sur la ligne de départ ? Il faisait sa crise de la quarantaine avec dix ans de retard, n'appréciait pas qu'elle passe ses journées à surveiller un homme bien plus jeune que lui, s'énervait parce qu'il l'imaginait mangeant des croissants au lit avec un autre.

Serge, Serge. Mais elle ne voulait pas s'affoler. Une fois avait suffi. Elle avait encore des cauchemars quelquefois, le voyait partir de dix manières différentes, se réveillait avec un sentiment d'amertume.

Il lui reviendrait d'autant qu'il n'était pas parti. Louise connaissait trop ses colères silencieuses. Cette fois, il n'y avait pas droit. Elle n'avait pas couché avec Emmanuel Scherrer et pourtant ce n'était pas l'envie qui lui manquait. Quant à Donovan, elle admettait aussi qu'il lui faisait de l'effet. Mais, ici et maintenant, son job, c'était d'encadrer Donovan. Et elle sentait qu'elle allait y arriver. Parce qu'il avait commis une erreur. En lui parlant. Même si c'était touchant, voire troublant, c'était tout de même une erreur. Colossale.

Tout ça pour dire que je me trouve admirable de résister si bien aux bivouacs et aux feux de camp, se dit-elle. Comme par un surprenant effet de synchronisme, Donovan rentra chez lui.

1. Cf., du même auteur, *Techno bobo*, éd. Viviane Hamy, 1999.

Il écouta les messages sur son répondeur : Cécile, une autre fille, Cécile. Et des clients et les détails de leurs rêves. Donovan remit la bande à zéro et alla s'asseoir sur le canapé, le téléphone sans fil en main. Elle prit les jumelles pour détailler ce visage, ce visage qui lui manquerait tellement une fois qu'elle l'aurait encadré. Il resta tranquille quelques minutes puis composa un numéro. Louise reposa les jumelles, mit les écouteurs et attendit. Son propre téléphone se mit à sonner. Donovan, le combiné contre l'oreille, personne ne lui répondait. Dans la planque, ça sonnait, sonnait, et encore et encore. Il fallut se résoudre à l'impossible : il appelait. Elle enleva les écouteurs et décrocha.

– *Happiness is a warm gun*, dit Donovan.

Il s'avança jusqu'à la frontière de la baie. Louise avait couvert le combiné pour dissimuler le bruit de son souffle. Il reprit :

– J'ai bien aimé votre voix.

Il souriait en lui parlant. Elle attendait. Douleur exquise au plexus. Réalité froissée plus que jamais. Il dit encore :

– La nuit dernière, mon téléphone a enregistré votre numéro. J'ai appelé un service de recherche depuis une cabine. Je n'ai pas été surpris d'apprendre que l'appel venait de ma rue. Je sens votre présence depuis longtemps. C'est doux de penser à quelqu'un qu'on n'a jamais vu. À une voix légère. Vous comprenez ?

Louise avala sa salive. Ils étaient tous deux dans la boule neigeuse et disposaient d'encore un peu de temps avant qu'un géant l'empoigne et la secoue. Donovan continua :

– J'ai essayé de comprendre pourquoi vous aviez rompu le silence avec cette chanson des Beatles. On peut interpréter les paroles de plusieurs façons. Que signifient-elles pour vous ?

Elle voyait la paume de sa main posée sur la baie. Et ce sourire qu'il n'avait cette fois que pour elle. Il ferma les yeux et dit :

– En vous imaginant, j'ai vu un visage à la Rossetti. On ne peut pas dire que mon imagination soit faussée par mes goûts. Je n'aime pas ce peintre préraphaélite plus qu'un autre. Et il faut que je vous fasse un aveu : j'ai un don. Il m'effrayait quand j'étais petit et, pour cette raison, je ne l'ai jamais travaillé. Je vois quelquefois ce que les autres ne peuvent pas voir. Mais c'est fugace.

Il rouvrit les yeux :

– Malgré tout ce que vous savez de moi ou à cause de cela, vous avez envie de me parler.

Louise reprit les jumelles et, le combiné pressé contre sa poitrine, fit le point sur sa bouche qui articulait : « Parlez-moi. »

Il déposa le téléphone sur la table et partit vers la cuisine. Il resta invisible un bon moment puis revint avec une bouteille de champagne dans un seau à glace et deux coupes. Il les remplit et posa le tout à côté du canapé rouge. Dragueur expérimenté mais craquant tout de même. Il s'assit et reprit le téléphone :

– Je vous attends.

La voix n'était ni enjôleuse ni autoritaire. Le ton était parfait. Louise saisit la télécommande et appuya sur le bouton *play*. Elle avait laissé le CD de Ravel dans le lecteur ; il lui suffit de monter le son. Donovan hocha la tête d'un air satisfait et but une gorgée. Elle dit :

– *When I hold you in my arms / And I feel my finger on your trigger / I know no one can do me no harm*

– On ne parlera que des Beatles et de Ravel, je vous le promets.

Louise raccrocha et alla s'allonger, la tête dans l'oreiller. Cette nuit encore, la rue Saint-Dominique était un canyon infranchissable.

***

La femme du directeur de la clinique Esthetica vint ouvrir et marqua un temps d'arrêt. Elle avait une coupe au carré, des lunettes carrées et un grain de beauté carré au-dessus de la lèvre supérieure, mais ne ressemblait ni à Cindy Crawford ni à Marilyn. Pour la femme d'un chirurgien esthétique, elle n'était guère réussie. La preuve qu'ils ne croient pas assez à ce qu'ils font. Ou qu'ils ont de la boue dans les yeux. « Le beau pour le crapaud, c'est sa crapaude », disait Voltaire.

On entre ! Avec le couteau !

On ne fait qu'un avec le couteau. On met toute la force. Les ventres sont plus durs que ce que croient les innocents. La femme se referme sur le couteau. Cri qu'on arrête net de la main. On se retourne pour prendre l'étui à violon déposé sur le paillasson. Porte refermée avec un coup de pied. On est dans le bel appartement blanc. Contre ce corps tremblant, cette tête glougloutante, on la maintient, on ne fait qu'un. Sors, couteau ! rentre ! sors ! On tranche, on tranche, on tranche pour que la femme implose comme le gros cyborg dans sa baignoire. Femme d'intérieur. Garçon de salle. Série limitée.

On a évité de marcher dans le sang. Il n'y a pas eu de bruit. On est une énergie en expansion constante et on ne fera pas d'erreur. La télévision qui piaille là-bas. Émissions du soir qui parlent, qui parlent, qui parlent. Tous ces mots tuants. Tous ces gens qui ont tant à dire. À enseigner aux ignorants. On prend l'étui à violon, on marche vers ce bruit.

La voix du directeur d'Esthetica qui appelle. Il dit : « Annabelle ! c'était qui ? » Annabelle pour une femme comme ça. Pourquoi ? C'est une blague ou quoi ? Ils ne se rendent pas compte.

On pousse doucement la porte sur une chambre, grands rideaux tirés grand lit confort. La télé éclaire le directeur de la clinique Esthetica en pyjama, le dos contre des oreillers moelleux. Il regarde un film drôle avec Eddy Murphy dans le rôle d'une famille obèse à lui tout seul. « C'était qui Annabelle, hein ? »

On fonce. On attrape la lampe de chevet. Le directeur gueule : « C'est pas possible ! » On fait le Ninja, lampe cassée sur la tête plus fragile que ce que croient les innocents. Il tombe, le directeur.

On le remet au lit. On baisse sa culotte de pyjama. Sortir la boîte de suppositoires et enfourner. On enfourne, on enfourne. Une mâchoire, ça reste serré. Un trou du cul jamais. Envoi des fusées barbituriques l'une après l'autre dans le ventre du directeur de la clinique Esthetica. On pense au héros blond de *Blade Runner*, le réplicant qui vient sur terre et tue son créateur parce qu'il ne peut pas lui sauver la vie. Programmé pour mourir jeune, le réplicant. Eddy Murphy est triste d'être si gros. Personne ne l'aime.

On enroule le directeur dans le drap, on le met dans la position du fœtus parce qu'on sent que c'est ce que ferait un suicidé. On laisse la main dépasser. Retour, vers le corps de Cindy Crapaud. On prend le couteau, il goutte le long du couloir blanc. Clinique blanche, appartement blanc, drôle d'idée, drôles de gens.

On referme le couteau sur la main du directeur, on le laisse tomber à la verticale de la main pendante du directeur. On ouvre l'étui à violon, on en sort le fusil et on remet ça : main du directeur sur la détente, la crosse, le canon. Puis fusil sur le lit à côté du directeur. La combinaison de mécanicien grise pleine de sang, il faut l'enlever maintenant. Pour la mettre dans le sac en plastique de la Fnac avec le reste. En passant, on se dit qu'on ne lira plus jamais un livre. Des lignes de mensonges à perte de vue.

On quitte cet appartement blanc et ces drôles de gens qui se prenaient pour des dieux.

Chapitre 25

« Serge ! Alors c'était juste une nuit, nous deux. J'ai été trop spontanée. J'aurais dû attendre que tu m'appelles. Mais ton visage m'a tellement plu. Je crois que je pourrais pleurer rien qu'à regarder un visage comme le tien. Et ton prénom, je le dirais bien tout le temps. Serge, Serge, Serge, ô Serge ! J'ai un peu bu alors je peux tout te dire. Je le regretterai demain mais tant pis. J'ai tant besoin de tes mains sur... »

Clémenti appuya sur la touche du répondeur posé sur la table de chevet pour effacer le message de Denise. Il avait trouvé l'appareil sans difficulté mais fait tomber le volume des *Œuvres complètes* de William Shakespeare. Un gros boum comme mon cœur au bas du lit quand le téléphone a sonné, pensa-t-il en se demandant quelle heure il pouvait être. Il alluma, regarda le réveil. Minuit quarante-deux.

Il pensa au marc de Bourgogne sur l'étagère de la cuisine et alla s'en servir un fond de verre. Il s'adossa au réfrigérateur, sentit la fraîcheur du métal sur sa peau nue, l'immédiate chaleur de l'alcool dans son ventre. Et tout autour, la moiteur d'une nuit qui ne ressemblait plus à celles dont il se souvenait. La France est un pays de moins en moins tempéré ou bien c'est moi qui en vieillissant ai des vapeurs, se dit-il.

Clémenti finit son marc avant d'aller se pencher à la fenêtre. Il vit le pont au bout de la rue de Lancry. La nuit, ce pont restait tranquille. La journée moins, au grand dam de tous ces crétins qui klaxonnaient, ignorant qu'on assurait l'éclusage d'une péniche. Survivance d'un joli passé. Celui de l'Hôtel du Nord un peu plus haut et de la guêpière d'Arletty.

Il pourrait prendre sa voiture, aller chercher Louise dans la nuit. Quai de la Gironde. Rue Saint-Dominique. Peu lui importait dans le fond. Il la trouverait bien quelque part. Entrerait dans le même espace vital qu'elle et la prendrait silencieusement dans ses bras. Elle non plus ne dirait rien. Louise n'avait jamais été si causante que ça. Lorsqu'ils devraient se remettre à parler parce qu'un jour ou l'autre il le faudrait bien, il lui raconterait la beauté cachée des méduses. Pas celles qui dans les légendes changeaient les hommes en pierre. Non, les autres, les vraies. Celles du *National Geographic* et des sombres abysses où les yeux ne servaient à rien. Les vraies parce que les légendes nous faisaient du mal parfois. Elles parlaient d'homme idéal, de prince blond aux yeux de mystère, d'amour platonique et éternel. Il valait mieux parler des méduses.

Elles s'égaillèrent dans le grand fond de la nuit : le téléphone sonnait encore. Clémenti se dit que Denise allait dérouler sa propre légende naissante toute la nuit et soupira. La sonnerie retentit trois fois comme tout à l'heure, le message démarra et une voix d'homme se superposa au texte de Clémenti :

– « Commissaire ? Ici la permanence de la Brigade criminelle. On vient de recevoir un appel anonyme. Un homicide sur la personne d'un nommé Gropiron Gérard, rue Réaumur dans le 3e. J'ai appelé le lieutenant

Argenson et il m'a dit qu'il se rendait sur place et de vous passer le message. »

Marc Sanchez avait des petits pneus sous les yeux. Il était debout, son carnet à spirale entre ses mains gantées, et fixait le corps d'un air dubitatif. Gropiron portait des lunettes de plongée et ses bras si blancs pendaient de chaque côté de sa baignoire si blanche, les doigts au ras du carrelage, la gourmette au ras de la naissance du pouce avec « Gérard » écrit dessus. Une baignoire dé à coudre. Volets fermés, fenêtre ouverte. Un courant d'air faiblard remuait vaguement l'odeur qui montait du bain souillé par le relâchement des sphincters du mort. Et le lieutenant Argenson n'avait pas l'air dans son assiette. Il dit :

– Le type avait un accent rital. Il a attendu un bout de temps avant de se décider à téléphoner.

– Il a appelé vers vingt-trois heures trente, confirma Sanchez.

– Il pétait de trouille, continua Argenson.

– On sait pourquoi ? demanda Clémenti.

– Quand il a trouvé son copain, la fenêtre du studio côté rue était grande ouverte. C'est d'ailleurs par là qu'il est entré et sorti.

– Il n'y a pas d'arme ?

– Aucune arme, aucun signe d'effraction, répondit Argenson. On croirait à une crise cardiaque si on ne connaissait pas Gropiron.

Ça peut être une électrocution, dit Sanchez. Quand le corps est immergé, il est fréquent que le courant électrique ne laisse pas de trace. Mais il n'y a aucun appareil en vue.

– Il y a autre chose d'étrange, dit Clémenti.

Argenson le fixa d'un air douloureux pendant que

Sanchez continuait de regarder le corps. Clémenti ajouta :

– Il n'y a pas de serviette dans cette salle de bains.

– Je crois quand même que je vais gerber, dit Argenson en quittant la pièce.

***

– C'est moi !

– Qui ça ?

– Ophélie.

– Je n'ai ni peur ni envie de rire.

– Je suis revenue du royaume des morts pour toi, Christian.

– Eh bien retournez-y et foutez-moi la paix.

– Attends ! Ne raccroche pas, Christian ! Attends ! Je suis dans la maison, la maison avec le puits. Annie, Olympia et moi, on faisait de la musique de chambre dans la grande salle avec la cheminée. Je t'ai parlé de ça mille fois. Nos beaux concerts.

Donovan ne reconnaissait pas cette voix. Il pensa à la femme qui l'espionnait depuis l'immeuble d'en face, celle dont Angelina avait parlé. Quelqu'un de bien, cette Portugaise. Loyale et intelligente en plus. Elle avait dû obéir aux flics mais elle voulait rester en bons termes avec ses patrons. Il trouvait ça remarquable, cette souplesse, cette confiance. Il essaya de savoir :

– *Happiness is a warm gun.*

– Qu'est-ce que tu racontes, Christian ?

Il y avait une intensité dans cette voix. Un effet de sérieux. *L'espionne*, quant à elle, avait peu parlé et s'était exprimée dans un anglais très naturel. Ça ne signifiait pas pour autant qu'elle aurait eu un accent britannique en français : un des clients de Donovan était parfaitement bilingue. Mais ce qu'elle avait dit était vif et léger, *allegro*.

– Allô ! Christian ! Allô ! Qu'est-ce que tu racontes ?

Le phrasé de la prétendue Ophélie était tout différent de celui de l'espionne. Et puis cette dernière ne l'avait pas appelé sur son portable mais sur sa ligne fixe. Si peu de gens connaissaient son numéro de portable. Il se redressa pour s'asseoir dans son lit et demanda de sa voix la plus posée :

– Ce n'est rien. Qu'est-ce que tu veux, Ophélie ?

– Te voir, Christian. Depuis si longtemps. J'ai quelque chose pour toi.

– Quelque chose ?

– La dernière pièce du Habeneck. La dernière, comme un dernier rêve. Pour toi, mon amour. N'oublie pas ton passeport. Surtout, ne l'oublie pas.

Elle avait raccroché. Contrairement à ce qu'elle venait de dire, personne ne ferait revenir Ophélie du royaume des morts. Donovan avait attendu neuf ans qu'elle fasse le tour de ses obsessions et lui revienne. Le cycle venait de se terminer. Un autre allait commencer.

Y a-t-il des micros partout dans mon appartement ? L'espionne vient-elle d'entendre cette conversation ? Travaille-t-elle pour la compagnie d'assurances, pour MDM ou pour l'OCBC ? Il alla voir la sombre façade vitrée des bureaux. Dans le fond, ça m'est égal, pensa-t-il. Mais j'aimerais savoir si elle est belle. Après tout, non. Le physique de l'espionne n'était pas si important. Ce qui importe, c'est qu'elle semble poétique, cette femme flic. Il avait senti cela dans sa voix. Dans cette façon qu'elle avait de s'accrocher aux paroles d'une chanson, de jouer avec lui. Cette ouverture d'esprit lui conférait un charme puissant. Sans pouvoir l'expliquer, il *sentait* un lien avec cette inconnue. Un lien comme celui de la première fois, avec Ophélie. Quand ils avaient tous les deux dix-sept ans.

***

Bien que dépourvue de jambes, la sirène était debout sur le pont de Grenelle et engueulait la statue de la Liberté comme du poisson pourri dans une langue que Louise ne comprenait pas. La grosse fille verte s'en foutait et ne bougeait pas. Sa torche flambait pour de bon et trouait le ciel noir et c'est tout ce qui comptait pour elle. Les insultes de la sirène se mirent à gonfler, gonfler, et bientôt de sa gorge courroucée sortit le hululement insistant d'une sirène de pompiers. Louise se réveilla en sursaut. Elle alla à la fenêtre. Le gyrophare en folie, la sirène braillante, un véhicule de pompiers garé devant l'entrée du garage et de la fumée qui sortait de partout à la fois. Donovan était penché à sa fenêtre. Tout à l'heure, il s'était assoupi sur son canapé, le téléphone posé à côté de la bouteille de champagne, rappelant de temps à autre. Elle avait laissé sonner. Il s'était replié dans sa chambre, avait appelé une dernière fois, s'était probablement endormi. Louise aussi. Elle regarda sa montre. Avant le tumulte de l'incendie, chacun de leur côté, ils avaient dû s'octroyer un peu plus de quarante-cinq minutes de sommeil. Grandiose.

La sirène s'arrêta. Des pompiers déroulaient des tuyaux. D'autres montaient dans les étages pour faire évacuer l'immeuble. La porte du parking s'ouvrit sur un épais nuage noir. Louise vit Donovan quitter l'appartement.

Il arriva dans la rue avec deux autres habitants, un pompier leur fit signe de se tenir à l'écart. Donovan alla se poster sur le trottoir opposé. Louise décida de quitter la planque à son tour.

Elle était dans l'entrée de son immeuble. La porte de verre face à elle et la rue à deux pas. Donovan de dos qui fixait l'incendie au milieu de l'attroupement. Louise passa la porte. Donovan à quatre ou cinq mètres d'elle derrière un homme en pyjama avec un chien dans les bras. Ses cheveux blonds rougis en alternance par les lueurs du gyrophare. Murmures des gens groggy.

– Il y a combien de voitures là-dedans ? demanda un pompier au type en pyjama.

– Une dizaine à peu près.

Un couple s'avança vers une BMW. L'homme, clés en main, hésita puis fit signe à sa compagne de le suivre et demanda à un pompier s'il s'agissait d'un attentat. On lui répondit de ne pas s'affoler. Louise s'approcha de Donovan immobile. Elle attendit. Il se tourna vers elle.

– Vous êtes plus belle que dans mon imagination.

– C'est votre voiture qu'ils ont fait flamber ?

– J'en ai peur. Ça fait longtemps que vous avez emménagé ?

– Presque deux semaines.

– Vous avez dû vous ennuyer.

– Pas une seconde.

Il lui sourit. Un homme cria son nom dans son dos.

– Eh ! Christian ! Christian Donovan !

Louise reconnut Mankievitch assis sur le capot d'une voiture, les mains posées sur un objet transparent. Elle retint Donovan par l'avant-bras parce qu'il avançait. Il lui dit :

– Restez ici, j'en ai pour une minute.

– N'y allez pas !

– Ne vous inquiétez pas.

Il avança vers Mankievitch. Louise suivit : Mankievitch avait les mains croisées sur un bocal. Elle l'entendit demander :

– Tu connais ? Des cornichons Malossol. Les préférés de Yaskine.

– Qu'est-ce que tu veux ?

– Toujours la même chose, mon grand, et Yaskine aussi.

– Et alors ?

– On avait pourtant commencé tout doux en crevant tes pneus, tu aurais dû comprendre ! Ces Russes ont trop souffert du manque. Maintenant, ils veulent tout bouffer. Tu comprends ça, toi, Christian Donovan ? Tu as faim, toi aussi. Mais on n'en est plus à partager notre pitance. Ta part est confisquée parce que tu t'es mal comporté.

Mankievitch alla poser le bocal sur le toit d'une voiture en stationnement. Il se retourna avec une arme en main.

– Tu montes !

– Sûrement pas, dit Donovan.

– Je t'ai vu parler avec la fille qui est derrière toi. Si tu ne montes pas, je la descends. Elle est bien bonne celle-là : « Tu montes pas, je la descends. »

– Devant tous ces gens et l'escadron de pompiers ?

– Je ne suis plus à ça près. J'ai fait cuire le chat de Reix. Tu sais, l'angora, la réincarnation de la belle femme blonde ? Toi qui es bouddhiste, tu dois trouver ça horrible. Allez, monte, parce que après cette fille, je tire au hasard. D'ici, personne ne m'a remarqué. C'est l'incendie qui les intéresse et les casques brillants des pompiers. Les gens sont des enfants dans le fond. Jusqu'au jour où ils se prennent une balle dans la peau. Alors là, ils vieillissent d'un seul coup. Monte !

Donovan obéit et Mankievitch le fit asseoir à l'arrière ; Louise vit qu'il le menottait. Il s'installa derrière le volant et démarra. Louise courut vers le couple à la BMW.

– S'il vous plaît, prêtez-moi votre voiture ! On vient d'enlever un riverain.

– Et puis quoi encore !

– Je paierai tous les frais.

– Ça va bien, on vous dit !

– Mon nom est Morvan. Je travaille pour MDM. L'homme enlevé est Christian Donovan et…

– Et moi je m'appelle John Galliano et je travaille pour Christian Dior. Allez ouste, cocotte !

– C'est sérieux ! Je vous en prie, monsieur !

– On en connaît, des gens qui profitent des autres dans les moments comme ça ! Quand il y a eu les attentats à la bombe à Paris, des salopards ont pillé les blessés et…

Louise attrapa l'homme aux épaules, lui balança son genou dans l'estomac, lui arracha ses clés des mains sous les cris et les coups de sac à main de sa compagne. Elle courut, fit démarrer la voiture. Le propriétaire s'accrocha à la portière puis se jeta sur le capot. Louise accéléra, partit en marche arrière, zigzagua, accéléra encore et John Galliano de chez Christian Dior préféra sauter en marche.

Chapitre 26

Le visage encore ensommeillé, la concierge prit le double des clés de l'appartement qui occupait tout le second étage puis précéda Clémenti et Argenson dans l'escalier. Droite et silencieuse, elle découvrit avec eux le corps d'Annabelle Bilal baignant dans son sang puis se trouva mal. Argenson la confia à l'OPJ de service.

Le commissaire et le lieutenant observèrent les blessures de la femme et s'engagèrent dans le couloir, armes au poing. Le sang les guida. La télévision fonctionnait : c'était l'heure tardive des documentaires. Clémenti passa une paire de gants avant d'actionner l'interrupteur. L'homme était enroulé dans un drap. Une odeur médicamenteuse alourdissait encore l'air vicié. Le présentateur écoutait une jeune femme mince et souriante parler des traitements contre la cellulite.

Ils repérèrent les débris de la lampe, se penchèrent au-dessus du corps du directeur d'Esthetica, virent le fusil à pompe sur le lit et le couteau sur la moquette. Argenson fit le tour de l'appartement. De retour dans la chambre, il dit :

– Ophélie Reix tue un luthier receleur pour lui voler le Habeneck.

– Ophélie Reix se fait tuer à son tour, continua Clémenti.

– Par le type qui lui a posé des implants et à qui elle a parlé du violon.

– Ce type a d'ailleurs des difficultés avec sa clinique de luxe.

– Ce type élimine Gropiron, un témoin gênant qui savait lui aussi qu'Ophélie était dans le coup pour le stradivarius.

– Ce type fait l'erreur de parler du violon ou d'Ophélie ou de Gropiron ou de tout à la fois à sa femme et une violente dispute éclate. Madame brise une lampe sur le crâne de son époux.

– Vexé, celui-ci la poursuit dans le couloir et la poignarde avec rage.

– Penaud, il se suicide avec les moyens du bord mais auparavant dépose le fusil à ses côtés, symbole de son repentir, ajouta Clémenti.

– Ça serait tellement chouette si c'était vrai, patron, dit Argenson d'un air dégoûté. On pourrait enfin dire au revoir aux aliens et rentrer chez nous.

– Je commence à me demander si celui ou celle qui a fait ça a vraiment lu Shakespeare.

– Et s'il est aussi intelligent et pervers que ça, patron.

– Je me demande s'il n'est pas tout simplement largué.

– Le problème, c'est qu'il a l'air de mettre la pression.

– Je crois qu'il va falloir nous énerver nous aussi, Argenson.

– Je ne demande pas mieux, patron.

L'heure légale était largement dépassée mais l'associé de Geoffrey Bilal accepta de recevoir Clémenti et Argenson à son domicile de la rue de Washington. Homme courtois, voire lisse, Julien Laennec ne s'était pas départi de son calme quand le commissaire lui avait appris au téléphone la mort de Bilal et de sa femme. On avait gardé Gérard Gropiron pour un dernier effet de surprise cependant.

Laennec portait de fines lunettes cerclées d'acier qui durcissaient un regard bleu. Son teint hâlé signalait le plaisancier, le golfeur ou le tennisman régulier. Clémenti s'était mis au diapason, adoptant un ton feutré et laissant s'épanouir quelques silences de ponctuation. Laennec était calme comme un bon marin ou un bon golfeur mais ses mains le trahissaient. Il ne savait que faire de ces excellentes mains de chirurgien. Ces mains qui refaisaient des cous, des bouches, des nez sans jamais trembler étaient fébriles dans ce salon agrémenté de tableaux de bonne facture qui laisseraient froids Gregory Patte et tous les membres de sa tribu. Argenson, assis impoliment sur une table basse, attendait qu'on le laisse mordre. Pour le moment, il se contentait de dévisager Laennec qui regrettait d'avoir ouvert sa porte à deux flics au milieu de la nuit. Clémenti avait récupéré le dossier Ophélie Reix à la clinique et le feuilletait machinalement. Il le referma et dit :

– C'est votre associé qui avait opéré Ophélie Reix.

– Oui, c'est Geoffrey.

– La pose de barres en Téflon est-elle une opération difficile ?

– Pas vraiment.

– Peut-on dire que c'est une opération bénigne ?

– On peut, oui.

Il était gêné, Laennec. Sentait qu'on allait vite arriver là où il n'avait pas envie de se rendre. Clémenti ajouta :

– Il aurait pu la confier à l'un de vos jeunes chirurgiens.

– Sans doute.

– Il a préféré la faire lui-même.

– En effet.
– Ça ne vous a pas surpris ?
– Je ne discutais pas les choix de Geoffrey.
– Quelles relations entretenait-il avec Ophélie Reix ?
– Des relations cordiales, je suppose.

On continua sur ce ton. L'interrogatoire prit l'allure d'une molle conversation mondaine. Clémenti fit mine de s'en contenter, se frotta les yeux, joua la fatigue. Puis il se tut et fixa Laennec d'un air préoccupé jusqu'à ce que le regard bleu perde un peu de sa contenance. Il n'y avait pas de cendrier dans le salon. Clémenti alluma une blonde. Argenson sourit d'un air féroce au chirurgien et dit :

– On n'a pas que ça à foutre.
– Pardon ?

Les yeux bleus s'affolaient. Argenson continua de sourire, le dessin de sa bouche virant au mépris. Plus il vieillit, plus il a du talent, pensa Clémenti.

– Le temps. Personne n'aime le perdre, continua Argenson. Ni les flics ni les toubibs. Ça coûte trop cher. Au fait, combien elle a payé pour que tout le monde la boucle avec cette histoire d'implant ?

– Mais ça n'a rien d'illégal, répondit Laennec en se tournant vers le commissaire.

Clémenti lui répondit par un sourire froid. Alors Laennec s'énerva et dit tout à trac :

– On a même le droit de se faire greffer une queue de chien si ça nous plaît !

– Eh bien pour un type si bien habillé, t'en racontes des horreurs, dit Argenson. Une queue de chien, berk !

Laennec prit une grande inspiration pour dire dans un souffle qu'à Esthetica on n'avait plus rien à cacher. Le grand déballage avait eu lieu dans la presse et devant les tribunaux et tout était reparti sur des bases saines.

– Tellement saines que vous avez été rasés de près, ricana Argenson. Alors Bilal et toi, vous avez accepté la clientèle scandaleuse d'Ophélie Reix.

– Scandaleuse, c'est un point de vue bien moral.

– Votre morale est différente de la nôtre, monsieur Laennec ? intervint Clémenti d'une voix douce. Expliquez-nous ça, je vous prie.

– C'est une figure de style, commissaire.

– Ophélie Reix est morte, dit Argenson. Bilal et sa femme aussi. Sans compter un luthier paraplégique. Et on en a un petit dernier pour la soif.

Temps de silence pendant lequel Laennec s'enfonça dans son canapé comme s'il pouvait y disparaître.

– Un certain Gérard Gropiron a été tué chez lui la nuit dernière, dit Clémenti. C'était un de vos garçons de salle.

– C'était aussi un type qui avait envoyé une lettre anonyme à Ophélie Reix, dit Argenson. Mais ça, tu le sais déjà, non ?

– Et vous savez peut-être aussi ce que Gropiron détenait sur Ophélie Reix et voulait monnayer. La lettre anonyme n'était certainement que le premier pas.

Le regard du chirurgien devint fixe. Argenson se pencha vers lui et ajouta :

– T'es le prochain sur la liste. Garanti sur facture.

– On reparle de cette histoire d'implants ici ou je vous fais mettre en garde à vue à la PJ après avoir convoqué les journalistes ? demanda Clémenti.

Laennec se regardait les pieds, les tripes et la cervelle et faisait le tri dans les emmerdements à venir. Le patron avait fait signe de laisser couler. C'était la bonne idée. Laennec était presque mûr. Il posa ses mains sur ses genoux et les regarda un instant comme s'il leur disait au revoir pour toujours avant de lever les yeux vers Clémenti. Il avait rougi. Un coup de poing moral en pleine poire, se dit Argenson en maîtrisant une envie de hurler de joie. Le jour où le patron prendrait sa retraite, ces interrogatoires à deux lui manqueraient. Ah, bon Dieu oui !

– Cette fille était complètement dérangée mais on avait *vraiment* besoin d'argent. On n'a pas eu les moyens de refuser.

– De refuser quoi ? demanda Clémenti. Pas les implants puisque c'est légal.

– Non, pas les implants.

– Alors quoi ?

– Une autre opération.

– Bilal a opéré deux fois Ophélie Reix ?

– Non. Une fois seulement.

– Mais il y a eu deux opérations ?

– Oui. Deux.

Laennec regarda Clémenti qui lut dans ses yeux de marin chic un appel au secours. Ça ne sortait pas tout seul. Il fallait tirer à deux sur la corde pour pouvoir amarrer.

– Elle a voulu une autre opération, reprit Clémenti. Pourquoi et pour qui ?

– C'est une histoire de dingues. J'avais dit à Geoffrey de bien réfléchir mais…

– Pourquoi et pour qui, Laennec ?

– Pour faire revivre sa sœur jumelle.

Chapitre 27

J'aime rouler la nuit. J'aime ce moment où le paysage urbain devient une ligne fluide qui se déroule à l'infini. Je pourrais me sentir heureux, pensait Donovan. Malgré cet homme hostile et cet autoradio fonctionnant en sourdine. La musique en sourdine, quelle drôle d'idée. L'oreille cherche à entendre alors qu'il n'est pas certain que ce soit digne d'intérêt. On sait que c'est de la techno. Mais on ne sait pas si c'est bon.

En montant en voiture, il avait donné tout de suite l'adresse de la propriété de Martin en vallée de Chevreuse puisque parlementer avec Lucien Mankievitch ne servait à rien. Maintenant Mankievitch était concentré, scrutait la route.

Je pourrais me sentir heureux après ce que je viens de vivre. Un ange de l'enfer m'appelle, ma voiture flambe, Mankievitch me force à partir avec lui chercher une illusion. Et cette femme soudain. Cette femme enfin. La perfection de l'instant. Je pourrais tirer ma révérence sur un visage comme celui-là.

« Vous avez dû vous ennuyer.

– Pas une seconde. »

Trois mots de ce phrasé *allegro*. Et elle a tout dit.

Donovan demanda qu'on monte le son. Complaisant, Mankievitch s'exécuta. C'était de la techno planante.

Un morceau plutôt bien fait. La pureté du son remplace la virtuosité de la composition. Mais gagne-t-on au change ?

On quittait petit à petit la banlieue pour pénétrer le noir soyeux de la campagne ; avec cette musique la route glissait plus vite encore. En contraste, Donovan sentait Mankievitch tendu comme un arc. C'est l'affaire de sa vie. Il rêve de flots d'argent. C'est sa chance. Elle est au bout d'une route qui défile comme un rêve. Dernière chance, dernier rêve. Donovan le sentait vibrer et s'inquiéter.

Donovan voulut ne plus penser qu'à l'espionne. Il la revit presser son bras. Il l'entendit lui dire : « N'y allez pas ! » Elle avait eu peur pour lui. Vraiment peur. Mais Mankievitch demanda :

– T'as cru nous doubler avec ton ex, hein, Christian ?

– Je n'ai jamais voulu doubler personne.

– Alors c'est elle ? Elle a voulu doubler tout le monde.

– Je ne sais pas.

– Elle a cru que Yaskine allait se faire avoir comme un bleu ! Quelle gourde. Tu as de la chance que ce soit ton ex. Moi aussi, j'ai été marié. Avec une diabétique, en plus ! Je connais les bonnes femmes quand elles ont leurs nerfs. Si tu fais bien tout ce que je te dis, j'arrange le coup. Elle rend le dernier violon et on sauve les meubles. Yaskine m'écoute, tu sais !

Tout pour faire croire à l'existence de Yaskine. Alors que Donovan sait depuis le début que le caïd de la mafia russe n'existe pas. C'est ce don inexplicable : je sais à quoi ressemblent les gens avant de les rencontrer, s'ils existent ou pas, si les histoires sont vraies, si on me veut du mal ou du bien. Mankievitch est fou à lier, de cette folie organisée qu'on rencontre parfois et qui fait croire que tout le système fonctionne. Il est gourmand au point de se voir avaler le monde. Il est dangereux.

Je pourrais me sentir heureux mais je sens ma vie filer à toute allure dans un vortex que personne ne sait arrêter. C'est ça mon karma ?

La musique devenait belle. Créée par des machines qui ne commettaient aucune erreur, elle vous embarquait dans ses travées et ne vous lâchait plus, comme certaines pièces lancinantes de Ravel. Pas une seconde, pas une seconde, pas une seconde, répétait cette femme sans nom pour la première fois et pour toujours. Et en plus de tout cela, il se mettait à pleuvoir et cette pluie argentée dans ce paysage glissant, c'était trop beau pour ne pas se sentir plus vivant que jamais.

Une de ces pluies métalliques de printemps s'était mise à tomber et Louise suivait les feux arrière de la voiture de Mankievitch. Il lui semblait qu'elle passait sa vie derrière des baies et des pare-brise mais que ça touchait à sa fin. À voir Donovan de si près tout à l'heure, elle avait eu la sensation fugace que des mondes existaient en parallèle et que deux d'entre eux venaient de se frôler par accident. Cette théorie des mondes parallèles existait bien. Cette voiture qui roulait devant elle existait bien et le corps de Donovan existait bien, vraiment bien. Tout était là mais rien ne se laissait saisir. Donovan était monté à l'arrière sans résister. Sans cela Mankievitch aurait tiré. C'était lui le motard noir qui avait cogné Fabien Meyer et jeté son corps comme un sac sur le trottoir.

Il n'y avait pas de téléphone dans cette voiture – elle avait fouillé la boîte à gants et le dessous des sièges. Elle était démunie. Avait laissé son mobile dans la planque et son Walther P5, son coup-de-poing américain. Contrairement à Scherrer, elle n'essayait pas de réinventer des dialogues. Elle n'avait que la voix de Donovan qui dansait dans sa tête.

Louise voyait sa tête blonde immobile à l'arrière. Et celle de Mankievitch. Concentré sur la route, il ne s'occupait pas de savoir s'il était suivi. Il avait vu qu'elle n'avait pas de sac, pas de clé, rien sur elle : il ne l'imaginait pas tabassant un pauvre type pour lui piquer sa voiture. Il la prenait pour une petite amie de Donovan.

Ils avaient passé Montparnasse, filé dans l'avenue du Maine. La circulation coulait. Elle avait pu créer un peu de distance parfois et revenir sur eux. Ils avaient pris le périphérique pour sortir de Paris porte de Versailles, emprunté la N 10 et filé en direction de Rambouillet. Un peu après Trappes, la voiture avait quitté la nationale pour la D 58 et continué vers Dampierre-en-Yvelines dans une campagne luisante de pluie.

Louise sentait son corps lui revenir. Elle était sortie de son aquarium, de sa boule neigeuse, de son inaction. Et pourtant dans cette immobilité qu'elle n'aurait jamais cru supporter avant de s'y plonger, elle avait connu un sentiment inédit. Si étrange qu'elle ne le décryptait pas encore. Maintenant, maintenant seulement, elle reprenait place dans le tourbillon.

Mankievitch traversa Dampierre en direction de Senlisse et s'arrêta devant une propriété dissimulée par des arbres. Louise les dépassa et alla se garer après le tournant suivant. Elle revint à pied et trouva la voiture vide. Elle s'avança vers un portail fermé par une chaîne cadenassée, inspecta un mur de pierre avant de l'escalader. Elle se laissa tomber dans un monde végétal humide, bruissant et noir et écouta. Pas un bruit à part le vent léger et la pluie. Bientôt, ses yeux s'habituèrent à la lumière d'une lune aux trois quarts pleine et elle discerna la grosse bâtisse et une lueur en rez-de-chaussée. Elle hésita à retourner en ville pour prévenir Scherrer ou Clémenti puis décida d'avancer à travers le parc. Elle se débarrassa de ses sandales trempées et entra dans la maison, sentit le contact du carrelage froid sur ses pieds nus et mouillés. Louise avança silencieusement vers la lueur.

***

Emmanuel Scherrer était assis sur le matelas de la planque et réfléchissait. Rien ne manquait sauf Louise. Son pistolet, un Walther P5, et son sac à main avec trousseau de clés, matériel d'enregistrement, ordinateur portable, casque de moto. Dans la salle d'eau, un grand T-shirt qu'elle devait enfiler pour dormir et qui sentait bon. Même la moto était garée sur le trottoir. De l'autre côté de la rue, l'appartement de Donovan n'était qu'un espace obscur et tranquille. Scherrer avait essayé tous les numéros de téléphone en sa possession. En arrivant, il avait rencontré ses collègues du ciat du 7e, intervenus à la suite de l'incendie criminel qui avait ravagé le parking. Ils avaient enregistré la plainte d'un couple. Une femme dont le signalement correspondait à celui de Louise avait volé leur voiture après un dialogue étrange où il était question d'un « riverain kidnappé ». Scherrer avait demandé qu'on transmette le numéro de la voiture et qu'on le tienne au courant.

Il était grand temps de réveiller Morisset.

– Louise Morvan a quitté la planque. En piquant une voiture. Donovan a été embarqué. Tu devrais appeler Clémenti, Jude.

– Pour lui dire quoi ?

– Tout ça.

– Clémenti m'a téléphoné il y a moins d'une heure.

– Ah bon !

– Ses hommes ont retrouvé l'armurier. Les cartouches des homicides Reix et Bellache ont été vendues au gardien d'une propriété à Dampierre sur présentation d'un permis de chasse. Clémenti s'est souvenu que Martin Reix y possédait une maison. En vente depuis de longs mois. Il a appelé Reix.

– Et Reix n'a pas de nouvelles de son gardien.

– Tu peux dire de son vieux gardien. Ils ont à peu près le même âge tous les deux. Reix ne sait pas non plus s'il possède un fusil.

– À pompe.

– En effet. Et ce n'est pas tout. Clémenti revient de la pêche aux macchabées. Trois morts du côté de la clinique où Ophélie Reix s'est fait poser ses implants. Elle n'y a pas fait que ça.

Temps de silence et Scherrer écouta la respiration de Morisset, entendit une voix derrière cette respiration : « Quelle heure est-il, Jude ? » Une voix d'homme. Quelle différence ça faisait ? Jude répondit tranquillement qu'il était deux heures moins dix et continua :

– Ophélie Reix avait trouvé une fille pour entrer avec elle dans sa plus belle performance : devenir son clone. Ou plutôt la copie de sa jumelle. Elle voulait que sa sœur revienne à la vie, histoire de chambouler papa Reix. Et le commun des mortels dans la foulée. Tu suis ?

– Oui, je crois.

– Eh bien Clémenti et ses hommes sont en route pour Dampierre.

– Et si Louise et Donovan s'y rendaient eux aussi ?

– C'est possible, Emmanuel, mais nous, tout ce qui nous intéresse maintenant, c'est Katsuhiro Jotomu.

– Katsuhiro Jotomu.

– Parfaitement. C'est un industriel nippon de l'emballage. Un ami d'Ophélie Reix. Un mécène qui adore ses performances. À tel point qu'il a financé l'opération de chirurgie esthétique. Clémenti le tient d'un associé de la clinique Esthetica. Katsuhiro Jotomu est aussi un collectionneur de violons. Ça, je le tiens de mon contact à l'ambassade de France à Tokyo.

– Parfait.

– Nous allons monter un dossier sur lui. Nous obtiendrons une commission rogatoire internationale et si tout se passe au mieux, nous irons voir Katsuhiro Jotomu au Japon pour lui demander si, par hasard, il n'aurait pas un Habeneck en morceaux dans son coffre. Tu vois les choses comme moi, Emmanuel ?

– Je crois que je suis amoureux, Jude.

– C'est bien ce que je craignais.

– Et toi ?

– J'ai passé l'âge.

– Tu crois qu'il y a un âge pour ça ?

– Ça dépend si tu décides de devenir un vieux sage ou un vieux tout court. Tu te décideras en temps voulu. En attendant, va te coucher. C'est un bon conseil.

– Tu ne m'as jamais donné de conseil.

– J'ai peut-être eu tort.

Chapitre 28

Tout comme son collègue N'Diop assis à ses côtés, le lieutenant Argenson se taisait au volant de la voiture banalisée. En route vers Dampierre, il se taisait parce que le commissaire Clémenti venait de recevoir un appel guère réjouissant du commandant Morisset. L'antiquaire Donovan avait été probablement embarqué à Dampierre par un dénommé Lucien Mankievitch, un trafiquant qu'on soupçonnait d'avoir tué un violoniste à coups de batte de base-ball pour lui prendre le fameux Habeneck. Et puis il y avait cette demeure isolée avec ce gardien qui ne donnait plus de nouvelles et cette dingue tuant à tour de bras. Et pour clôturer le tout, Louise Morvan était de la partie elle aussi. Elle avait toujours eu le chic pour plonger à pieds joints dans le bourbier. En éclaboussant son monde. Clémenti avait demandé des effectifs en renfort mais pour le moment ils n'étaient que trois et ils arriveraient les premiers. Surtout à cette vitesse-là. Parce que bien sûr, Clémenti avait demandé qu'on accélère.

Ce paysage dévasté par la pluie fichait le bourdon à Argenson. Et puis il pensait à sa femme, la gentille Marie-Claude. Jamais un mot plus haut que l'autre, bosseuse, cordon-bleu, sympa et attentionnée. Ce n'était pas à lui qu'arrivaient des histoires fatigantes, et jamais ça n'arriverait, mais Clémenti avec sa belle gueule de Steve McQueen, bien sûr…

Argenson avait toujours eu horreur de conduire la nuit sous la pluie. S'ils avaient un accident dans cette bouillasse, son fils serrerait son singe en peluche jusqu'à lui arracher les pattes. Il y avait vraiment de sales affaires et à certains moments on ne se sentait pas plus vaillant qu'un déchet dans le siphon d'un lavabo. Même à trois, même flics.

Ils partaient sur les traces d'un monstre. Argenson avait cessé de s'intéresser aux légendes depuis un bout de temps mais cette histoire-là lui faisait revenir en tête des contes qui foutaient une trouille bleue aux gamins. Une monstresse. Une folle intégrale. Capable d'accepter qu'on lui cisaille la tronche pour ressembler à une fille encore plus dingue qu'elle.

Il avait vu des affiches dans le métro à propos d'un film américain. On voyait la tête de l'acteur John Malkovich reproduite des dizaines de fois. Des clones et des clones et encore des clones. Une histoire de fou mais ça plaisait aux gens. Ophélie Reix s'était offert un clone chirurgical et pourquoi pas deux et trois, et ainsi de suite ? Pourquoi pas toute sa tribu au grand complet ? Au moins, les journaux en parleraient.

Il y avait aussi cette histoire de violon. Ophélie Reix faisait profiter les Japonais de ses performances depuis un bail. Alors l'idée lui était venue de leur passer le Habeneck en morceaux. C'était le commandant Morisset qui avait parlé de sa petite théorie à Clémenti. Si on m'avait raconté une histoire de violon en puzzle avant que je mette le nez dans cette affaire, je n'y aurais pas cru, pensa Argenson, mais maintenant qu'on y est jusqu'au cou, ça ne me semble plus si étrange. Mais la peur, la peur est bien là cette nuit. La vache, j'ai les foies ! Le monde est un siphon d'évier et nous allons tous être aspirés comme des bouts de fanes de radis ou des pâtes alphabet ou des croûtes de fromage.

À part ça, il pleuvait toujours et on approchait de Dampierre.

***

Un vestibule, une cuisine. La porte ouverte. Et il y a un trou rectangulaire dans le mur. C'est un passe-plat. Une lumière mouvante passe à travers ces deux ouvertures. L'odeur, les crépitements. C'est un feu dans une cheminée.

Louise s'accroupit derrière le passe-plat. Une salle voûtée. Mankievitch qui presse le canon de son arme contre la tempe de Donovan. Et elle, une revenante en pleine forme.

Casque de cheveux noirs, visage sans âge, bijoux, T-shirt blanc, jean et baskets, debout devant la cheminée, les flammes dansent derrière ses jambes, elle est immobile. Le pied droit posé sur le violon, le fusil à pompe calé sous le bras, une main sur le double canon, l'autre sur la détente.

– Yaskine va arriver. Ses hommes vont t'étriper, ma fille. Avant, ils te baiseront par tous les trous. Tu leur demanderas de t'achever. Je te l'assure. Avec moi, tu ne risques rien. Je ne te toucherais pour rien au monde. Tout ce que je veux, c'est le violon. Donne-le-moi avant que les autres débarquent.

– Il suffit de vouloir, tu crois ?

Louise se souvint d'Ophélie Reix à la télévision sur le Net. L'interview énervée, Ravel, la musique balinaise. Cette voix, c'était presque ça. Ces intonations traînantes et ces fins qui remontent. Une voix assortie au physique d'adolescente attardée.

– Tu m'entends ! Lâche ce fusil.

– Lâche Christian d'abord.

– Pousse le violon vers moi.

– Lâche Christian.

Donovan regardait tour à tour le violon et la fausse Ophélie. Que pensait-il à ce moment-là ?

– Ils vont arriver ! Tu entends ce que je te dis ? Quelques minutes, c'est ce qui te reste.

– Tu parles trop.

– Ils vont tuer Donovan, tu n'as pas compris ça ? Ils vont te le tuer et ils y mettront le temps. Je sais, je les ai vus faire. Même toi, tu n'imagines pas !

– Lâche Christian.

Pour Louise, la voix était moins assurée. La fille avait mal pris le fait que Yaskine et ses hommes veuillent tuer Donovan.

– Tu poses ton arme, je pose mon fusil. On le fait en même temps.

En disant ça, le fusil toujours pointé vers la tête de Mankievitch, elle avait commencé à fléchir les jambes. Mankievitch ordonna à Donovan de s'agenouiller, fit passer le canon de son revolver de sa nuque à l'arrière de son crâne, se baissa lentement. La fille était accroupie, fusil pointé, violon aux pieds.

Elle le saisit et sans se retourner le jeta dans les flammes.

Mankievitch fonça vers la cheminée. Donovan se jeta à terre, roula vers la porte. La fille visa. *Wham !* La tête de Mankievitch éclata.

Claquement sec du garde-main qui vient de coulisser : la fille a réarmé tout de suite.

Donovan regarda Mankievitch puis le revolver à

moins d'un mètre du corps puis le violon au milieu des flammes. La fille ramassa le revolver, le coinça dans sa ceinture. Il la fixa un moment en silence. Il respirait fort, ses mains tremblaient. En se tournant vers la cheminée, il demanda :

– Ce n'est pas le bon violon, n'est-ce pas ?

– T'as raison. Là, c'est mon dernier qui brûle. Celui que j'emportais partout avec moi. Mais je préfère qu'il crame comme tous mes souvenirs. Je ne veux me souvenir que de toi, Christian. De nous.

– Où est la tête du Habeneck ?

– Bellache l'a collé sur le corps d'un Mirecourt. Il est dans ma chambre. Au premier étage, tu te souviens ?

– Tu vas jouer pour moi, Ophélie ? Comme avant ?

– Pas le temps. Yaskine arrive.

– Yaskine n'existe pas.

– T'en es sûr ?

– Certain.

– Alors je te crois. T'es heureux de me revoir ?

– Je suis surpris.

– Je suis pas morte.

– En effet.

– Alors, t'es heureux ?

– Il suffit de décider de l'être, dit-il en regardant le visage détruit de Mankievitch.

– On va partir au Japon voir le collectionneur. Il va nous donner l'argent et on ira vivre ensemble en Australie.

– Et si tu posais le fusil ?

– Pourquoi ?

– Ça me rend nerveux.

– Tu as peur de moi !

Elle avait dit ça d'une voix triste, mais tout de suite

après elle se mit à rire et Louise n'aima pas ce rire. Donovan demanda :

– Où est le gardien ?

Elle fouilla la poche de son jean et sortit un couteau à cran d'arrêt qu'elle actionna, referma aussitôt. Rempocha.

– Le vieux est dans le puits, avec le chien. Il m'a reconnue tout de suite. Ophélie ! qu'il a dit. J'ai fait semblant d'aller l'embrasser et je l'ai crevé avec ma lame.

– Pourquoi lui ?

– C'était un chasseur : je lui ai pris ses deux fusils avec les cartouches. J'en ai laissé un chez le chirurgien. Ils croiront que c'est Bilal qui a tué Olympia. Tout le monde pensait qu'elle était morte dans cet accident à Toulouse. Elle est morte aux pieds de la Liberté.

– Et Bellache ?

– Quoi, Bellache ?

– Pourquoi est-il mort ?

– Il aimait trop l'argent. Il en avait pourtant pas mal. La tête du Habeneck, elle est à toi et à moi. Le Japonais va nous donner ce qu'il nous doit. Il tient parole.

Sa voix avait un fond de gaieté.

– Mon amour, je suis heureuse, murmura-t-elle en le dévorant des yeux. Je t'aime, Christian. Tu as retrouvé ton épouse.

Elle dit encore :

– Avant toi il n'y a eu personne. Après toi non plus. Je serai celle que tu voudras.

Elle demanda d'un ton soudain nerveux :

– Tu as ton passeport ?

– Bien sûr.

– Montre-le-moi !

– Il est dans la voiture.

– Pourquoi tu mens, Christian ?
– Je ne mens pas.
– Tu mens depuis le début.
– Je t'assure que non.
– Il y a cette femme. Elle est avec toi ?
– Quelle femme ?
– Celle qui se cache dans la cuisine. Je l'ai vue tout de suite. Dis-lui de venir ici !

Les yeux écarquillés soudain. Le corps tendu. Le fusil à l'horizontale. Sur la pointe des pieds comme un boxeur défoncé, elle se met à danser sur place. Elle n'a tiré qu'une cartouche. Elle a réarmé. Prête à continuer le massacre. Louise se releva.

– Tu la regardes trop, Christian. Tu ne me regardes pas comme ça. Tu ne m'as jamais regardée comme ça.

Le fusil allait de Louise à Donovan. Les jambes tressautaient. Louise avait peur, elle se maîtrisa :

– Il est venu pour vous. Il ne connaît même pas mon nom.
– Alors qu'est-ce que tu fous là, toi ?
– Je travaille pour les propriétaires du violon.
– C'est pas vrai.
– MDM veut négocier avec vous. Sans la police.
– Ta gueule, poufiasse ! Viens ici et fous-toi à genoux.

La voix d'Ophélie se diluait. Un accent du Sud revenait à la surface. Louise obéit.

– Toi aussi, Christian ! À genoux comme la poufiasse.
– Je ne connais pas cette fille.
– Tu mens !
– On part tout de suite, Ophélie.

Son visage se métamorphosa. Une sainte en extase.

– Prends le flingue et tue-la, dit-elle en sortant le revolver de sa ceinture.

Elle le posa sur le sol et d'un coup de pied l'envoya dans un coin de la pièce.

– Je n'ai jamais fait ça.

– Fais-le quand même.

– Je ne sais même pas tirer.

– Prouve-moi que tu veux partir. Prouve-le ! Tout ça, c'est pour toi que je l'ai fait.

La voix de plus en plus implorante. Puis des larmes. Elle s'essuya vite avec sa manche et dit :

– Fais-le pour moi, je t'en supplie. Je t'aime tellement, Christian. Fais-le. Fais-le !

Donovan alla ramasser le revolver. Il le fit tourner dans sa main. Puis l'empoigna, tendit le bras vers Louise, prit une grande inspiration.

– Fais-le !

– Je vais le faire, Ophélie. Je vais le faire.

Quelques secondes. Louise et Donovan se fixaient. Il avait les larmes aux yeux.

– Je vais t'aider. Pour ça, je vais tirer en même temps que toi, Christian.

– *WARM GUN !* hurla Donovan.

Sursaut de la fille et il tira. Grimace de douleur de la fille, son dos cogna le mur. Le fusil tint bon et elle tira. *Wham !* Donovan s'écroula.

Le corps de la fille glisse le long du mur. Elle hurle : « Christian ! » Le fusil est tombé. Louise veut le prendre. La fille se relève, bras droit inerte en sang, un coup de pied au visage de Louise qui esquive mais tombe. Et revient. Et cogne sur le bras inerte. La fille hurle de douleur. Louise ramasse le fusil et la fille ramasse le revolver, s'enfuit. Louise tire, les plombs criblent les meubles de cuisine. La fille a disparu.

Louise revint vers Donovan, posa le fusil. Les yeux grands ouverts, il gémissait. Du sang partout. Elle lui caressa le visage, les cheveux. « Ne bouge surtout pas, Christian ! » Elle avait repéré un téléphone mural dans la cuisine. Elle appela une ambulance.

Elle enleva sa robe, la déchira, et pendant qu'elle lui bandait le ventre, sentit le relâchement de son corps. Évanoui. Elle tâta son pouls : il battait faiblement. Elle posa son oreille contre sa bouche. Il ne respirait plus. Louise commença la respiration artificielle. Entre deux insufflations, elle lui murmura de tenir bon, le caressa encore et encore. Le tissu beige était déjà poisseux de sang. « Christian ! reste avec moi ! L'ambulance arrive. » Encore une insufflation. Il bougea enfin, ouvrit les yeux. Elle sentit sa langue. Lui murmura à l'oreille : « Christian, reste avec moi ! »

Son souffle en lui encore et encore. Puis elle réalisa qu'il ne bougeait plus. Elle releva la tête. Son regard devenu fixe. Elle posa sa bouche sur la sienne. « Reste avec moi. »

Un bruit. Une voix d'homme. À genoux à côté du corps de Donovan, les yeux bleus de Donovan grands ouverts, son ventre rouge, son propre corps à elle taché de son sang à lui, Louise reprit le fusil. La menace de Mankievitch. Yaskine. Qui n'existait pas. Quelqu'un cria : « Police ! » Louise reconnut la voix du lieutenant Marcellin N'Diop et reposa le fusil. Une idée étrange lui vint : avant que N'Diop ne passe la porte, prendre la chaîne avec le fragment de météorite que Donovan portait autour du cou.

Elle zigzaguait. Un bras ballant et l'autre, le gauche, armé. Elle filait à travers le parc dans le faisceau de la lampe de poche, les zébrures de la pluie. Clémenti cria :

« Police ! Arrête-toi ! » Elle se retourna et tira. Clémenti se jeta à terre. Entendit un grognement de douleur. « Philippe ! » cria-t-il. La fille repartait. Argenson sur le dos se tenait la cuisse. « Pas… grave… patron. J'me suis fait mal en tombant ! » Clémenti, trempé, se releva et se mit à courir. La lune presque pleine, ses yeux s'ajustèrent vite. Et il la vit fuyant vers la ligne des arbres. Elle était blessée, s'il accélérait, il pouvait… Ils étaient tout proches quand elle franchit le bosquet, le halètement de sa respiration, il l'entendait bien. Cinq, six mètres à peine et il la touchait. Il passa la frontière de ces mêmes arbres, cria encore alors qu'elle dévalait un talus : « Arrête-toi ou je tire ! » Les bêtes devenues soudain silencieuses, il n'y en avait plus que pour leur course et le souffle de cette fille et son propre souffle à lui qui emplissait sa tête. « Je l'ai foutue dehors, l'ai jetée pour de bon », avait dit la mère. Clémenti se débarrassa de sa veste.

Des clapotis. Il distingua une rivière. Courut encore jusqu'à ce que le tamis de hauts arbres se referme en voûte sur l'eau. Il s'arrêta, écouta pour comprendre le voyage de l'eau. Flux vers la droite. Attendit que ses yeux s'habituent à ce nouveau degré d'obscurité. Deux masses près de la rive opposée, sûrement des troncs d'arbres, reliquat de la tempête du dernier hiver. À leur volume, on devinait qu'il n'y avait pas de profondeur.

Elle n'avait pas eu le temps de traverser la rivière. Elle était tout près. Derrière ces troncs, peut-être. Il les éclaira et la vit. Couchée sur le dos, sa tête dépassait de l'onde, son visage fixe aux yeux ouverts, son corps au milieu du lit de la rivière. La blessure qu'elle avait ? *Et tous ses trophées champêtres sont, comme elle, tombés dans le ruisseau en pleurs*. Il entra dans l'eau, main fermée sur son Smith et Wesson, l'autre tenant la lampe de poche. Ce visage, trait pour trait celui d'Ophélie Reix. Comme sur la croix argentée, les cheveux trempés, casque brillant, et tous ces bijoux de moderne primitive. L'eau et la pluie avaient lavé le sang sur son bras mais on voyait la blessure. Un morceau de chair en moins. Elle avait dû souffrir. Le revolver tombé un peu plus loin.

Elle, gisant en plein milieu de la rivière ? Trop beau, trop géométrique. La blessure, superficielle sinon elle n'aurait pas couru. Pointe de couteau !

Pied dans le ventre de Clémenti, bras qui agrippent. Bascule. Mille aiguilles de douleur à l'atterrissage sur les pierres. Il cria, son arme toujours en main. Elle était déjà sur lui. Dans le noir complet, il sentit sa masse. Drue, dense de rage. D'ailleurs elle criait. « Crève ! Crève ! » Clémenti, une douleur fulgurante à l'épaule gauche, tira au centre de la furie de cette femme hurlante. Le couteau tomba sur les pierres. Elle devint molle, s'affaissa contre lui. Il se retrouva assis dans l'eau avec cette femme morte contre lui, une femme à qui personne n'avait jamais donné d'amour. « Ma sœur, elle faisait toujours sa maligne », avait dit le simplet. Le faisceau d'une lampe. « Patron ! Patron ! » C'était la voix d'Argenson. Clémenti se releva et souleva le corps tant bien que mal.

– Elle est morte, Philippe.

Il remonta sur la berge et la déposa sur le ventre pendant qu'Argenson éclairait. Clémenti souleva le T-shirt. Un dos parfaitement blanc. Si ce n'était le trou qu'avait fait la balle en traversant le cœur d'Anita Scoli.

Le patron retrouva sa veste et l'enfila. Tant bien que mal. La fille l'avait piqué à l'épaule gauche mais ça avait l'air superficiel. À l'OPJ qui arrivait en courant, il dit de se poster à côté du corps sur la berge en attendant les gars de l'IJ. Argenson suivit Clémenti dans la maison.

Torse nu, Marcellin N'Diop téléphonait à Marc Sanchez et lui disait de rappliquer avec ses gars. Il se tenait près d'une énorme cheminée dans laquelle rôtissait un violon. La dernière pièce d'un instrument de vingt-quatre millions de francs ! se dit Argenson. Combien ça va chercher, une tête ?

Morvan était accroupie dans un coin, revêtue du sweat-shirt de N'Diop. Elle avait les jambes à l'air, un slip noir. Et elle pleurait, les mains dans les cheveux. Le type qui vendait des instruments anciens était couché sur le dos, le ventre poisseux de sang ; ses yeux d'un bleu étonnant. Ça avait été un beau mec. L'autre, impossible de savoir. Gueule en bouillie.

Clémenti quitta une fois de plus sa veste pour en couvrir le visage de Donovan. Et prit Louise par la main. Elle se réfugia dans ses bras et il lui murmura quelque chose à l'oreille pendant qu'elle pleurait de plus belle. Argenson ne l'avait jamais vue si docile. Mais il était prêt à croire tout ce qu'il voyait puisque la tête d'un violon rarissime brûlait dans l'indifférence générale. À son tour, il enleva sa veste, se l'enroula autour du bras droit et extirpa le violon des flammes. Puis il courut à la cuisine, ouvrit le robinet et maintint l'instrument sous le jet. Il se surprit à éprouver une joie inédite. Et se dit qu'il raconterait cette histoire à son fils. En supprimant les détails trop violents bien sûr.

Argenson revint dans la salle voûtée avec sa veste et le violon cramés. Clémenti ne lui adressa pas un regard. Il levait le camp avec Louise Morvan, ça l'accaparait. Morvan s'arrêta avant de passer le seuil et dit quelque chose à Clémenti. Le commissaire revint sur ses pas et annonça que le bon violon était dans une des chambres à l'étage et qu'il fallait aller le récupérer. Les deux lieutenants attendirent en silence qu'il s'éloigne.

– Ce n'est vraiment pas la femme qu'il lui faut, dit Argenson en jetant le violon et la veste au feu.

N'Diop haussa les épaules en considérant les deux refroidis qui n'auraient plus jamais d'avis à donner sur la question.

Emmanuel Scherrer était garé de l'autre côté de la rue, tous feux éteints. Il vit Clémenti sortir avec une femme à moitié nue. On ne voyait pas son visage, elle marchait blottie contre le torse du commissaire. Ils passèrent devant les phares de l'ambulance qui venait d'arriver et la femme releva la tête. Et Clémenti l'embrassa. Ils s'arrêtèrent et Clémenti l'embrassa encore un peu plus longtemps.

Louise était saine et sauve. Elle pleurait comme un veau, c'était étrange. Mais elle était vivante. Vivante. Elle était vivante. Elle était aussi cette femme qui couchait avec Clémenti. Scherrer essaya de se faire rire et dit à haute voix :

– Je n'aime pas du tout cette scène.

Chapitre 29

Octobre 2000

– *Il y a en travers du ruisseau un saule qui mire ses feuilles grises dans la glace du courant. C'est là qu'elle est venue, portant de fantasques guirlandes de renoncules, d'orties, de marguerites et de ces longues fleurs pourpres que les bergers licencieux nomment d'un nom plus grossier, mais que nos froides vierges appellent doigts d'hommes morts. Là, tandis qu'elle grimpait pour suspendre sa sauvage couronne aux rameaux inclinés, une branche envieuse s'est cassée, et tous ses trophées champêtres sont, comme elle, tombés dans le ruisseau en pleurs.*

– Magnifique, dit Louise. Surtout quand c'est toi qui lis.

– En fait, Shakespeare laisse planer le doute. Jusqu'au bout, on ne saura jamais si son Ophélie s'est suicidée par dépit amoureux ou si c'est un accident.

Il continua de lire, sentant le corps chaud de Louise qui épousait le sien tout le long de son flanc. Elle ne portait plus rien d'autre qu'un bijou étrange mais poétique : une chaîne en or retenant un morceau de météorite. Il lui avait demandé d'un ton faussement moqueur : « Qui te l'a offert ? » « Moi », avait-elle répondu avec ce regard flou qu'elle avait quelquefois, presque un regard de myope alors que sa vue était excellente. Un des nombreux mystères à élucider. Peu importait. Cette nuit tout était parfait. Et ça durerait le temps que ça durerait. Ou moins. Ou plus.

Il sentait l'odeur de ses cheveux – elle l'écoutait sans bouger, sa tête reposant contre son épaule pour regarder le texte en même temps que lui. Serge Clémenti referma le livre et le posa sur la table de chevet.

***

Emmanuel Scherrer et Jude Morisset attendaient leur avion à Narita International. Un escadron de policiers nippons veillait sur une caisse équipée de roulettes qui n'avait l'air de rien et contenait pourtant le Habeneck en pièces détachées. Elle serait embarquée exceptionnellement dans la cabine voyageurs. Scherrer et Morisset rentraient à Paris après dix-huit jours de négociations – mais pour préparer ce voyage, plus de trois mois avaient été nécessaires.

Il était essentiel que les Japonais ne perdent pas la face, pensait la hiérarchie de l'OCBC. Aussi Morisset dut-il renoncer à l'exécution pure et simple d'une commission rogatoire internationale. Finement, il suggéra d'étudier cette possibilité avec la police de Tokyo. Dans un esprit de concertation et d'ouverture. Après tout, le violon avait été volé à Paris par des trafiquants nationaux. La police française demandait humblement l'aide de ses confrères japonais.

À Tokyo, Scherrer et Morisset furent aidés dans leurs démarches par leur contact à l'ambassade de France qui sut ménager toutes les susceptibilités. Et Scherrer trouva Morisset parfait. Le commandant évita les déclarations à la presse mais fit bonne figure lors des nombreux repas fort amicaux auxquels les convièrent leurs homologues. La police japonaise n'était en rien responsable du passage du Habeneck, assura-t-il. Des gangsters français avaient abusé de la bonne foi d'un honnête chef d'entreprise japonais, collectionneur à ses heures.

Pas d'audition en règle pour Katsuhiro Jotomu. Ce fait admis, Scherrer et Morisset patientèrent douze jours pour entendre le roi de l'emballage nippon. Flanqués de trois responsables de la police tokyoïte et d'un interprète, ils le rencontrèrent dans sa villa de Jiyûgaoka, un quartier résidentiel à l'ouest de Tokyo. Morisset laissa le plus haut gradé poser les questions préparées en commun. Jotomu se comporta avec une exquise courtoisie. Il affirma ignorer que le Habeneck avait été volé à MDM, son propriétaire légitime, et qu'un jeune violoniste y avait laissé la vie.

Il insista pour montrer sa collection de violons. Prenant Morisset à l'écart, il désigna l'une de ses pièces préférées, un Gioffredo Cappa. Et, dans un anglais parfait, s'adressa directement à lui pour la première fois. Katsuhiro Jotomu expliqua que du fait de leur grande qualité, on confondait souvent les violons de cet élève d'Amati avec ceux de son maître.

« J'aime ce Cappa. Il me rend heureux.

– L'aimeriez-vous davantage s'il était un véritable Amati ? demanda Morisset.

– Je l'aimerais moins si on me l'avait vendu en prétendant qu'il s'agissait d'un Amati, répondit Jotomu toujours souriant.

– Je devine donc qu'étant donné les circonstances, vous ne pouvez plus aimer le Habeneck. Surtout sans sa tête.

– Vous semblez bien comprendre la psychologie des collectionneurs. C'est rare, commandant.

– Les gens de MDM sont aussi des collectionneurs. Prêts à négocier au mieux pour tout le monde son rapatriement.

– Il ne s'agit pas d'argent. Je ne souhaite plus posséder un violon qui a causé la mort de plusieurs personnes. Il ne me porterait pas chance. Et j'appréciais beaucoup l'amitié et le travail d'Ophélie Reix. Je suis persuadé qu'elle ignorait tout de ce vol. »

Un bref échange que Scherrer avait suivi à distance, les trois officiers japonais faisant mine de ne pas remarquer le conciliabule. Morisset ne parla pas de la livraison en puzzle, ne demanda pas de développement quant au rôle d'Ophélie Reix, de son père et de Christian Donovan. Il avait obtenu la parole de Jotomu. L'étiquette japonaise obligeait l'industriel à faire ce qu'il avait dit : restituer le Habeneck. Deux jours plus tard, Morisset apprit de l'officier Kamakura qui depuis le début faisait office d'agent de liaison que le violon serait livré à l'aéroport par la police japonaise. Le jour qui conviendrait. Après vérification des pièces, on emballerait l'instrument sur place avec toutes les précautions d'usage.

Ce mardi 10 octobre, quelque soixante-dix minutes avant le décollage du Boeing d'Air France, l'escadron nippon veillait toujours sur la caisse. Un peu plus loin, assis autour d'un sushi bar, ayant terminé les formalités de douane, Scherrer et Morisset patientaient en buvant une bière. Scherrer détaillait le dragon imprimé sur sa boîte-boisson. Depuis un petit moment Jude observait quant à lui un pilote de la Nippon Airways. Plutôt beau mec dans son uniforme. Vraiment beau mec en fait, s'était dit Scherrer en toute objectivité. Quand les Japonais étaient beaux, ils étaient du tonnerre. Le pilote avait lu une bonne partie du *Nihon Shimbun*, l'air concentré. Il finit son café en annotant son journal. Puis l'abandonna sous le comptoir tournant où défilaient inexorablement les sushis. Jude le regarda payer son addition puis s'éloigner. Une fois sur l'escalier mécanique, le pilote se retourna pour un bref regard dans leur direction.

Jude Morisset alla prendre le *Nihon Shimbun*. Il dit à Scherrer :

– Son prénom est Ryû. Quand il fait escale à Paris, il descend au Hyatt. Il y a même le numéro de la chambre.

– Les Japonais savent vraiment emballer. Tu as vu cette magnifique boîte-boisson et ce beau dragon ?

– Emmanuel, je suis heureux qu'on l'ait récupéré à deux ce Habeneck. Sans toi, ça aurait été moins drôle. Je tenais à te le dire.

– C'est réciproque, Jude.

Emmanuel Scherrer se réveilla vers cinq heures du matin, heure française. Il n'avait pas éteint sa vidéo de bord et, sur le petit écran incrusté dans le siège avant, Jody Foster dialoguait encore avec Val Kilmer. Très blond. Très cool, Scherrer avait vu le film en entier avant de s'endormir. C'était l'histoire d'un artiste qui survivait en livrant des pizzas – il tombait amoureux d'une brillante femme d'affaires menacée de mort par une bande de truands et se retrouvait embarqué dans un road movie distrayant, mélange de thriller et de comédie. Dans le fond, Louise ne ressemblait pas tant que ça à Jody Foster. Elle était plus proche de Françoise Dorléac, qu'il avait tant aimée dans *L'Homme de Rio* avec Belmondo. Des femmes minces, pétillantes, intelligentes. Il pensa au poisson tatoué sur son dos par maître Inoshi III. Il avait eu son adresse à Yokohama grâce à Norio Murakami du musée d'Anatomie de l'université de médecine, le jour où en compagnie de Jude il était allé voir leur collection. Plus de deux cents peaux. Celle d'Ophélie Reix en bonne place entre les reliques d'une tatouiste américaine et d'un yakuza japonais.

C'était une belle carpe rouge et rose dans le style des estampes du XVIIIe siècle nippon avec vaguelettes et crête d'écume. Un bout de rive abritait trois iris d'un violet profond. Scherrer comptait appeler Louise pour lui montrer cet échantillon de la méthode bonji. Un travail impeccable réalisé entièrement à la main avec des aiguilles montées sur tiges de bambou. Plusieurs séances de souffrance. Pour elle. Jolie Louise. Il savait qu'il allait la surprendre.

Il la surprendrait aussi avec la fin de l'histoire du Habeneck. Une mine de renseignements, ces séances avec maître Inoshi III. Murakami avait aussi révélé que le tatoueur était l'amant d'Ophélie Reix depuis des années. Scherrer et Morisset discutèrent longuement de cette étrange confidence. Pour le capitaine, Murakami souhaitait voir la réputation d'Ophélie Reix, à laquelle il vouait une grande admiration, lavée par un Inoshi III susceptible de connaître les motivations réelles de la jeune femme.

Le maître était un quinquagénaire vêtu de noir, aux imposantes bagues d'argent et au bandana bariolé qu'il portait à la manière des pirates. Fort paisible, il parlait bien l'anglais, et Scherrer, venu le voir seul, se sentit à l'aise en sa compagnie. Comprit, grâce à son récit, comment l'idée d'acheter un stradivarius en morceaux était venue à Katsuhiro Jotomu.

L'industriel, client de Donovan, connaissait Ophélie

Reix depuis *Flamingo*, performance organisée à Kyoto où elle lui était apparue nue et peinte en rose. Une surprise organisée par Donovan. Katsuhiro Jotomu devint son principal mécène. Rien de sexuel dans cette relation : Jotomu trouvait Ophélie tout simplement géniale. C'est au cours d'un dîner bien arrosé auquel participait Donovan que Jotomu évoqua sa passion pour les violons.

Ophélie Reix savait que Donovan et son père avaient rencontré un certain Lucien Mankievitch venu crânement leur proposer un stradivarius. L'homme se présentait comme le contact de la mafia russe. Donovan voulut l'éconduire. Il avait entendu parler du vol dans la presse et de la mort de Fabien Meyer. Martin Reix, évoquant leurs difficultés financières, souhaita laisser la porte ouverte à la négociation. Ophélie raconta l'histoire à Jotomu. La conversation commença comme un jeu mais bien vite l'industriel s'entêta et dit qu'il voulait le Habeneck. Ophélie Reix feignait d'improviser. En fait, elle avait mûrement réfléchi. Elle parla d'une idée absurde mais poétique : livrer le Habeneck morceau par morceau, les pièces nobles étant montées sur des violons sans valeur. On le démonterait aux jointures à l'aide d'une lame trempée dans l'eau chaude. On le remonterait avec une bonne colle à l'os. Enfant, elle avait passé des heures dans l'atelier de Xavier Bellache et connaissait les rudiments de la lutherie. Il fallait prévoir quatre voyages : pour la table, le fond, les éclisses et la tête. Inutile d'augmenter le risque pour les autres pièces, rarement d'origine.

Les voyages fréquents d'Ophélie au Japon, son étui à violon que le personnel d'Air France avait l'habitude de voir, tout facilitait une livraison discrète. Katsuhiro Jotomu adora l'idée. L'opération aurait l'allure d'une performance qu'Ophélie ne réaliserait que pour lui. Il anticipa les sensations rares que lui procurerait l'attente. Il pensait déjà à un luthier aussi complaisant qu'efficace pour le remontage final à Tokyo. Misant sur les vapeurs de saké et de whisky qui s'évaporeraient au matin, Donovan donna son point de vue de spécialiste : l'opération était techniquement réalisable.

Le lendemain matin, Katsuhiro Jotomu réveillait Donovan à son hôtel. L'industriel voulait le Habeneck. Il était prêt à le payer douze millions de francs à condition qu'il soit livré par Ophélie Reix, petit à petit. De plus, il entendait le récupérer dans son intégralité, en commençant par les parties les moins nobles afin que son plaisir aille croissant. Huit étapes seraient l'idéal. La tête viendrait en dernier. Chez Antonio Stradivari, elle était une perfection géométrique. Elle méritait d'être attendue.

Au bar de l'hôtel, le soir venu, Ophélie déclara à Donovan qu'elle voulait être la *passeuse* du Habeneck. Il essaya de la décourager. En vain. Elle voyait l'affaire comme un gigantesque pied de nez au monde mesquin des commerçants de l'art. Il finit par dire : « Plutôt que d'interdire une folie, il vaut mieux parfois laisser faire. On ne peut guérir qu'en allant jusqu'au bout. » « Je ne suis pas malade », répliqua Ophélie. Une fois rentrée à Paris, elle alla voir Martin Reix qu'elle n'avait pas visité depuis plus de deux ans et lui proposa l'affaire la plus étrange de sa carrière. Elle n'eut pas de mal à le convaincre. D'autant qu'en l'absence de Donovan, Martin Reix avait repris contact avec Mankievitch pour plus d'informations. Donovan tenta de dissuader son associé. Sans résultat.

Maître Inoshi avait écouté Ophélie lui raconter sa haine. Un fleuve de rage coulait en elle. Il ne pouvait pas en être autrement. Elle n'acceptait pas l'évidence : lorsqu'on a perdu ce qu'on a de plus cher, rien ne sert de reporter sa colère sur autrui. Martin Reix focalisait celle d'Ophélie. En toute connaissance de cause. Et n'avait jamais trouvé les mots pour l'apaiser. Acceptant cette alliance dans le trafic du Habeneck, il imaginait renouer un lien dont la perte le faisait trop souffrir. Ce n'était pas une question d'argent, et personne ne ressusciterait Fabien Meyer. Reix voulait que l'amour de sa fille lui revienne. Illusions.

Comme Donovan, Inoshi tenta de détourner Ophélie de son projet. D'autant qu'il était le seul qui connaissait la fin du scénario. Ophélie assurerait sept passages avant de dénoncer publiquement le trafic et ruiner la réputation de son père. Elle comptait associer l'événement à un projet en gestation depuis des années : elle avait convaincu une amie de se faire opérer pour qu'elles aient le même visage. Ophélie parlait d'elle avec un mélange de tendresse et de condescendance : une sauvageonne qu'elle avait dégrossie, une fille sans peur, à l'intelligence brute. « Questionnant d'instinct et radicalement les questions d'identité, d'ego, de racines familiales et culturelles. » Dans le secret d'une clinique parisienne, Anita Scoli était prête à devenir Olympia, la sœur perdue par la faute de Martin Reix. Durant sa convalescence, Ophélie assura sept passages pour Jotomu : il devait lui verser l'équivalent des douze millions de francs en yens lors de la dernière livraison. Ophélie avait dit d'emblée à maître Inoshi qu'elle ne voudrait jamais de cet argent.

Comme Donovan, le tatoueur avait compris qu'Ophélie la rebelle avait un chemin à parcourir. Contrairement à Donovan, il insista. L'assurant de son affection, il lui répéta qu'elle faisait fausse route. L'énergie négative qu'elle dépensait l'empêchait de progresser en tant qu'artiste.

Ces échanges et leurs séparations successives donnèrent matière à réflexion à Ophélie. Un jour, elle admit que la haine n'était pas un sentiment digne d'elle. Elle venait d'avoir une idée toute simple. Descendre la Seine sur une croix. Franchir des ponts, voguer sur la légende de son prénom. Celui que lui avaient donné ses parents. Qu'Olympia repose enfin en paix. Ophélie descendait le fleuve de son passé. Ce serait sa plus belle performance. Tous les autres projets étaient inutiles désormais. Traîner son père dans la boue en dénonçant un trafic. Inutile. Elle s'expliqua auprès de Katsuhiro Jotomu qui lui répondit : « Cette attente du Habeneck était parfaite. Elle peut s'arrêter avant l'assouvissement qui dans le fond n'arrive jamais. J'ai beaucoup rêvé grâce à toi, Ophélie, et c'est ce qui compte. »

Scherrer et Morisset parlèrent longtemps de ces gens bizarres. Rien de mieux à faire pendant ces soirées à l'hôtel, avant la prochaine réunion de concertation avec les Japonais. Et pour Jude, ce fut l'occasion de se remettre en question. Ce qui n'était jamais perdu. Scherrer entendait encore leur dernière conversation, presque mot pour mot :

« Souviens toi, Emmanuel. Tu m'as dit un jour en sortant de la planque qu'on avait fait une erreur de psychologie.

– Oui, je m'en souviens.

– Finalement, notre erreur, ça a été de considérer le dossier Habeneck comme une histoire classique. Des trafiquants aguerris agissant pour le compte d'un commanditaire.

– Alors qu'on avait affaire à un Mankievitch. Un soliste.

– Un type qui a vu passer sa chance. Et qui s'est planté. Et Bellache, qu'est-ce que tu en penses ?

– Il avait le fric, la réputation. Il a peut-être eu envie de voir le Habeneck. De le toucher. Tout simplement.

– Ou il a agi par amitié pour Reix et sa fille. Ils lui ont demandé de faire cette folie : démonter un strad qui valait une fortune. Un strad émouvant parce qu'un peu raté par un Stradivari vieillissant.

– Où se loge l'émotion quelquefois !

– Et les gens n'agissent pas toujours pour le fric, Emmanuel. La plupart du temps, mais pas tout le temps.

– Pendant qu'on y est, on peut admettre aussi qu'on s'est trompés sur Donovan.

– Là, je te sens venir, Emmanuel. Tu veux me faire dire que sans Louise Morvan, on n'y serait pas arrivés.

– Non, Jude. Parce que sans nous, elle n'y serait pas arrivée non plus.

– Sans toi, plutôt. Vous en avez passé du temps ensemble.

– Réponds-moi franchement. Qu'est-ce que tu pensais de ce type ?

– Donovan ?

– Oui.

– Sexy. Pour tout le monde.

– Sauf pour Ophélie Reix.

– Ce n'est pas le problème, je crois. Ce qu'elle voulait, c'était un type qui lui tienne tête. Un Inoshi III. »

Tous ces gens si compliqués ! Mais curieusement, et sans doute depuis qu'il était arrivé au Japon, Scherrer avait le sentiment de les comprendre mieux. Est-ce que l'ouverture d'esprit n'était pas le départ de tout pour un écrivain ? Il se tortilla pour trouver une meilleure position sur son siège étroit. Le poisson le faisait encore un peu souffrir. Il avait eu un mal fou à enlever le bandage gardé une journée entière. Il avait fallu utiliser de l'eau froide et procéder avec délicatesse. Désormais et pour un bon moment, il lui faudrait se laver en mouillant le tatouage le moins possible et utiliser un baume à la vitamine A et D. Et ne plus s'exposer au soleil sans une bonne lotion pour éviter que les couleurs ne ternissent. La modification corporelle, quel boulot !

Scherrer pensa au visage d'Anita Scoli. Elle avait été une jolie blonde. Nez racé, yeux en amande, bouche ample et un rien boudeuse. Inoshi III lui avait montré les photos. Il avait un album consacré à Ophélie et Anita. Anita Scoli avant qu'elle n'accepte le visage moins beau d'Ophélie Reix. Cette tête de Peter Pan déjanté. Anita voulait l'argent. Elle voulait le talent d'Ophélie, ses racines bourgeoises. Cette vie dans la beauté et les valeurs de la vieille France. Elle voulait surtout Donovan. L'homme qui « fait craquer toutes les bonnes femmes ». Et puis elle avait fini par ne plus savoir ce qu'elle voulait ni qui elle était. Mais il était trop tard.

Scherrer se dit que tout le monde s'était désintéressé de cette femme. D'Ophélie à Donovan en passant par la tribu de Montreuil, sa famille de Toulouse, les flics. Scherrer se dit aussi qu'il y avait de quoi écrire une belle histoire à propos d'une femme qui voulait devenir quelqu'un d'autre pour séduire l'homme dont elle était tombée désespérément amoureuse. Il réalisa soudain que l'histoire avait été écrite et qu'elle s'appelait *La Petite Sirène*. Ça ne fait rien, se dit-il au bout d'un moment en jetant un œil au-dessus de Jude endormi et au-delà du hublot vers un ciel indéchiffrable où nuit et jour venaient de se rencontrer. Les histoires peuvent se raconter des milliers de fois.

Jody Foster embrassa Val Kilmer avec passion. Elle

le balança sur le lit du motel minable avec violence. Kilmer lui dit qu'il en avait assez qu'elle fasse l'homme et il la souleva pour l'allonger sur le tapis. Ensuite il l'embrassa avec passion. Elle lui dit que le lit était plus confortable et il finit par l'admettre et la balança sur le lit du motel minable avec violence. Ces Américains ! se dit Scherrer en pensant à la façon dont il aurait écrit cette scène. Une montée en tension bien plus subtile. Cela dit, les dialogues n'étaient pas mauvais.

– Je suis dingue de toi, dit Kilmer à Foster.

– Tais-toi et baise, répondit Foster à Kilmer.

DU MÊME AUTEUR

Baka !
Viviane Hamy, 1995 et 2007
et « Points Policier », n° P2158

Sœurs de sang
Viviane Hamy, 1997 et 2012
et « Points Policier », n° P2408

Travestis
Viviane Hamy, 1998

Techno Bobo
Viviane Hamy, 1999
et « Points Policier », n° P3315

Vox
prix Sang d'encre 2000
Viviane Hamy, 2000
et « Points Thriller », n° P2943

Cobra
Viviane Hamy, 2002
et « Points Thriller », n° P2944

Passage du Désir
Grand Prix des lectrices de « Elle » 2005
Viviane Hamy, 2004
et « Points Policier », n° P2057

Les Passeurs de l'étoile d'or
(photographies de Stéphanie Léonard)
Autrement, 2004

La Fille du Samouraï
Viviane Hamy, 2005
et « Points Policier », n° P2292

Mon Brooklyn de quatre sous
Après la Lune, 2006

Manta Corridor
Viviane Hamy, 2006
et « Points Policier », n° P2526

L'Absence de l'ogre
Viviane Hamy, 2007
et « Points Policier », n° P2058

Régals du Japon et d'ailleurs
Nil, 2008

La Nuit de Geronimo
Viviane Hamy, 2009
et « Points Policier », n° P2811

Guerre sale
Viviane Hamy, 2011
et « Points Policier », n° P3219

Le Roi lézard
Viviane Hamy, 2012
et « Points Policier », n° P3149

Disparitions
Éditions In8, 2013

Ombres et Soleil
Viviane Hamy, 2014

RÉALISATION : NORD COMPO À VILLENEUVE-D'ASCQ
IMPRESSION : CPI BRODARD ET TAUPIN À LA FLÈCHE
DÉPÔT LÉGAL : JANVIER 2015. N° 99005 (3007814)
IMPRIMÉ EN FRANCE

ÉGALEMENT CHEZ POINTS POLICIER

Passage du Désir

Dominique Sylvain

Lola Jost, ex-commissaire en retraite anticipée, et Ingrid Diesel, masseuse américaine au passé mouvementé, sont voisines. Rien ne les rapproche, si ce n'est un crime sordide commis dans leur quartier. Pour retrouver le coupable, ce tandem haut en couleurs, improbable et truculent, investit les milieux de la prostitution, ceux du cinéma gore, et l'univers retors d'un tueur obsessionnel.

Grand Prix des lectrices de ELLE 2005

« Ce roman exerce sur le lecteur un charme irrésistible. »

Télérama

ÉGALEMENT CHEZ POINTS POLICIER

L'absence de l'ogre

Dominique Sylvain

Ingrid Diesel ne l'a pas revu depuis plusieurs années et les nouvelles ne sont pas bonnes. Accusé d'avoir étranglé une rockeuse dans le parc Montsouris, son vieil ami Brad est activement recherché. Pas évident de se disculper quand on est bâti comme un ogre, qu'on est un Américain avec de faux papiers et qu'on fuit la police. Aidée de l'ex-commissaire Lola Jost, Ingrid parviendra-t-elle à l'innocenter ?

« Un bijou de poésie et d'humour. »

Le Nouvel Observateur